KB121168

로크미디어가
유혹하는
재미있는 세상
ROK MEDIA
로크미디어

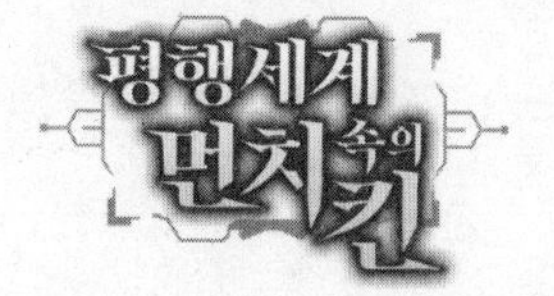
평행세계
속의
먼치킨

평행세계 속의 먼치킨 4

2023년 5월 4일 초판 1쇄 인쇄
2023년 5월 10일 초판 1쇄 발행

지은이 운천룡
발행인 강준규

기획 이기헌 왕소현 박경무 강민구 조익현
책임편집 주현진
마케팅지원 이원선

발행처 (주)로크미디어
출판등록 2003년 3월 24일
주소 서울시 마포구 마포대로 45 일진빌딩 6층
Tel (02)3273-5135 **Fax** (02)3273-5134
홈페이지 rokmedia.com **E-mail** rokmedia@empas.com

값 9,000원

ISBN 979-11-408-0714-7 (4권)
ISBN 979-11-408-0705-5 04810 (세트)

평행세계 속의 먼치킨

운천룡 퓨전 판타지 장편소설

CONTENTS

1장

목소리를 따라 안으로 들어가니 사운학이 누워 있는 노인을 향해 무릎을 꿇고 앉아 있었다.

그 옆에서 노인을 간호하던 남자가 사운학을 바라보며 말했다.

“교주님께선 그들을 막다가 기혈이 역류하셨다. 다행히 교도들이 몸을 던져 희생해 준 덕분에 교주님을 구하긴 했지만……. 그런데 어찌 들어왔느냐? 비동의 입구를 무너뜨려 쉽게 들어올 수 없었을 터인데.”

남자는 밀월신교의 군사였다.

군사의 물음에 사운학이 뒤를 돌아보며 영웅 일행을 가리켰다.

"저분들이 도와주셨습니다."

사운학의 말에 군사가 고개를 들어 그들을 바라보았다.

적일 수도 있는데 크게 경계하지 않았다.

"허허, 우리가 적일 수도 있는데 경계하지 않는구려."

"하하하, 적이라면 이미 끝난 목숨인데 경계하고 말고 할 것이 뭐 있겠습니까. 저는 밀월신교의 군사를 맡고 있습니다. 무공이 변변치 못하니 그저 편하게 보내 주시길 바랄 뿐입니다."

군사가 웃으며 말하자 사운학이 고개를 저었다.

"아닙니다! 저분들은 적이 아닙니다!"

그런 사운학을 바라보며 군사가 부드러운 눈빛으로 말했다.

"그래, 적이 아니겠지. 내가 아는 너는 절대 배신할 놈이 아니니까."

군사는 자신이 저들을 오해할까 봐 사운학이 저렇게 변호하는 것이라 생각했다.

하지만 뒤이어 나온 사운학의 말에 더 이상 평온함을 유지할 수 없었다.

"저분은 월신님이십니다! 우리를 구원해 주시기 위해 하늘에서 내려오신 월신님이라고요! 어서 저분에게 경배를 드리세요!"

사운학의 말에 군사가 눈을 동그랗게 뜨고 영웅을 잠시 바라보았다. 그러다가 이내 헛웃음을 지으며 말했다.

“운학아, 미안하지만 월신은 존재하지 않는단다. 다 교인들의 마음을 뭉치게 하려고…… 오래전에 만든 것이다. 진실이 어떤 것인지도 모를 만큼 오래전에 말이다. 미안하다, 모든 건 이 밀월신교를 위해서였다.”

“그럴 리가 없습니다! 그렇다면 저 산 위에 있는 신성한 길은 어찌 설명하실 것입니까!”

사운학의 말에 군사가 고개를 저으며 말했다.

“저런 신비한 현상이 있기에 신도들을 속일 수 있었던 것이다.”

그동안 밀월신교와 월신의 존재를 믿었던 사운학에게는 청천벽력 같은 소리였다.

군사는 진실을 말해 주었으니 사운학이 더 이상 우기지 않을 것이라고 생각했다.

세상에 월신이라니, 그런 말도 안 되는 일이 일어날 리 없지 않은가.

하지만 사운학의 표정은 굳건했다.

정말로 신이 있다고 믿는 표정이었다.

군사는 그런 사운학을 보며 고개를 저었다. 저런 표정을 가진 자들은 쉽게 인정하지 않기 때문이다.

“그것은 군사님께서 잘못 알고 계신 겁니다! 저분께선 정말로 신성한 길을 통해서 세상에 오신 분입니다! 저분께서 직접 그리 말씀하셨습니다!"

군사는 사운학과의 대화는 더 이상 무리라고 판단하고 그가 신이라 우기는 영웅에게 말을 걸었다.

"정말로 신이십니까?"

조금도 믿지 않는 눈빛으로 무덤덤하게 묻는 군사에게 사운학이 버럭 화를 내었다.

"불경합니다! 월신님께 그런 불경한 모습이라니요! 당장 오체투지를 하시고 용서를 구하십시오!"

영웅은 분노한 음성으로 군사에게 소리치는 사운학을 손을 들어 제지하고 군사를 바라보았다.

순간 피식 웃은 영웅이 군사에게 말했다.

"신인지 아닌지는 모르겠고, 너희가 말하는 신성한 길을 통해서 온 건 맞다."

"하하하하, 저 녀석이 말한 신성한 길이란 게 무엇인지 알고서나 하는 소린가!"

군사가 큰 소리로 웃으며 말했다.

그 모습에 사운학의 표정이 흉악하게 변해 갔다. 당장이라도 군사의 목을 칠 기세였다.

그 모습에 영웅이 다시 한번 사운학을 말렸다.

"그만! 정신 사나우니까 조용히 좀 하고 있어."

그러자 조금 전까지 매섭게 살기를 날리던 사운학이 언제 그랬냐는 듯 두 손을 공손히 모으고 뒤로 물러섰다.

군사는 그 모습을 어이없다는 표정으로 바라보았다.

자신이 아는 사운학은 절대로 저런 성격이 아니었다. 자신뿐 아니라 교주의 명도 맘에 들지 않으면 듣지 않는 천둥벌거숭이가 바로 그였다.

그런 그가 저리도 공손하고 말을 잘 들으니, 이제 영웅에 대한 호기심이 생겼다.

군사가 영웅에게 물었다.

"어떻게 저놈을 저리도 길들이셨소? 나는 아무리 노력해도 먹히지 않던데, 정말로 궁금하구려."

군사의 말에 영웅이 미소를 지으며 말했다.

"궁금하다라…… 나도 궁금한 것이 많으니, 일단 저기 누워 있는 노인부터 깨우지. 정황상 교주 같은데 맞나?"

영웅의 말에 군사가 짙은 경계의 눈빛을 띠었다. 그는 재빨리 교주가 누워 있는 곳을 가리키며 말했다.

"맞소, 하지만 지금 교주님은 위중하시오. 일어나실 수 있는 상태가 아니오."

"응, 나는 가능해."

그렇게 말하고 누워 있는 교주를 향해 한 걸음, 한 걸음 걸어갔다.

그러자 군사가 자신의 애검을 뽑아 들고는 영웅을 막았다.

촹-!

"그만! 더 가까이 온다면 가만있지 않을 것이오!"

군사의 엄포에도 영웅은 깔끔하게 무시하고 계속 걸어갔다.

"이익! 내가 약하다고 무시하는 것인가!"

후웅-!

군사가 영웅을 향해 검을 날렸다.

까앙-!

"커헉!"

웅웅웅웅-!

군사는 사정없이 흔들리는 검을 간신히 부여잡고 놀란 눈으로 영웅을 바라보았다.

분명히 전력을 다해 휘둘렀고 영웅의 목에 정확하게 명중했다.

그런데 결과는 바로 지금 이 모습이었다.

공격을 당한 영웅은 대수롭지 않다는 표정으로 교주를 바라보며 계속 걸어가고 있었고, 전력을 다해 공격한 자신은 지금 흔들리는 검을 주체하지 못해 휘청거리고 있었다.

"안 돼!"

순식간에 교주가 누워 있는 곳에 도착한 영웅이 교주를 향해 손을 뻗으며 말했다.

"리스토어."

우우웅-!

새하얗고 성스러운 기운이 교주의 몸을 감싸기 시작했다.

몸을 추스르지도 못하고 영웅을 말리기 위해 몸을 날리려던 군사 역시 그 기운을 느끼고 순간적으로 멈춰 섰다.

그리고 경악한 표정으로 영웅과 교주를 번갈아 바라보며 중얼거렸다.

"마, 말도 안 돼!"

지금 느껴지는 기운만으로도 경외감이 충만해져서 당장이라고 무릎을 꿇고 복종을 외치고 싶은 마음이 들었다.

군사는 멍한 표정으로 영웅이 하는 것을 바라보다가 구석에서 조용히 두 손을 모은 채 감격의 눈물을 흘리고 있는 사운학에게로 고개를 돌렸다.

"저, 정말인가? 우, 우리가 그냥 지어낸 신인데…… 저, 정말로 존재하셨다고?"

믿을 수 없었다.

신성한 길은 그저 지어낸 이야기였다.

저런 자연현상은 흔하지는 않지만 존재했다. 그것을 이용해서 사람들을 현혹하고 다스릴 수 있게 모두 자신이 계획하고 꾸몄다.

그렇기에 누구보다 월신의 존재가 거짓이라는 것을 잘 알고 있었다.

그런데 눈앞에 그 존재가 나타난 것이다.

그때, 더욱더 놀라운 일이 펼쳐졌다.

"끄으응."

교주가 신음을 내뱉더니 눈을 뜬 것이다.

벌떡-!

"여, 여기가 어디냐! 아, 아이들은? 신도들은? 모두 어, 어찌 되었느냐!"

분명히 기혈이 뒤틀려서 기력을 잃고 사경을 헤매고 있었는데 지금은 기력이 팔팔하다 못해 넘쳐흐르는 모습이었다.

눈을 뜨자마자 벌떡 일어나 주변을 둘러보며 상황을 묻는 교주를 군사가 믿기지 않는 눈으로 바라보았다.

"자네 지금 뭘 하고 있는 건가? 내가 지금 묻지 않는가! 이들은 또 누구인가? 누구인데 내 앞에서 이렇게 당당하게 고개를 들고 서 있는가!"

조금 전까지 죽어 가던 사람이었다고 믿기지 않을 정도로 팔팔한 모습을 보이고 있었다.

"노인네 목청도 좋네."

"뭐? 지금 나한테 한 소리더냐?"

영웅의 말을 듣고 발끈하는 교주의 모습에 군사가 정신을 차리고 재빨리 달려가 그 둘 사이에 끼어들었다.

"아, 안 됩니다, 교주님! 저분은 은인이십니다! 저분께서 교주님을 구하셨습니다!"

군사의 말에 교주의 눈썹이 꿈틀거렸다.

그의 음성에 분노가 드러나고 있었다.

"뭐? 우리 신도들은 어디 가고 왜 낯선 놈들이 나를 치료한 것이냐!"

"저, 전멸했습니다. 밀월신교에 남아 있는 사람은 교주님과 저, 그리고 저기 있는 사운학이 전부입니다."

교주가 구석에 있는 사운학을 바라보았다.

그러자 사운학이 교주에게 다가가 기쁜 모습으로 말했다.

"교주님, 무사히 일어나셔서 정말로 다행입니다! 저, 정말로 걱정했습니다!"

"고맙구나. 그나저나 나를 구했다는 저자는 네가 데려온 것이냐?"

교주의 말에 사운학이 당황하며 교주의 말을 정정해 주었다.

"교주님, 저분께 불경한 모습을 보이시면 아니 됩니다! 저분은 우리를 구원하기 위해 강림하신 월신님입니다."

"뭐? 이건 또 무슨 소리야? 제정신이냐?"

어처구니가 없는 표정으로 사운학을 바라보며 군사에게 묻는 교주였다.

그 모습에 영웅이 손을 휘저으며 말했다.

"아, 정신없어. 군사라고 했나? 정리 좀 해 봐."

영웅의 말에 군사가 화들짝 놀라며 말을 더듬었다.

"아, 알겠습니다. 그, 그런데 저, 정녕 신이십니까?"

"맘대로 생각해. 내가 뭐라 하든 네가 안 믿으면 의미가 없잖아?"

그 말에 군사의 동공이 점점 더 떨렸다.

자신의 검을 맞고도 생채기 하나 나지 않는 신체에 대라신선이 와도 살릴 수 없던 교주를 순식간에 치료한 능력까지.

이 모든 것을 종합하면 결론은 하나였다.

인간이 아니었다.

그렇다면 무엇인가.

괴물?

아니다, 괴물도 아니다.

신?

그거다.

자신의 눈앞의 남자는 정말로 신이었다.

자신이 만든 신이 정말로 세상에 나타난 것이다.

"저, 정말로……."

떨리는 눈으로 영웅을 바라보던 군사의 몸이 서서히 무너지더니 무릎을 꿇으며 외쳤다.

"워, 월신님을 미천한 종이 뵈옵니다!"

부복하며 외치는 군사의 말에 교주가 멍한 표정으로 군사와 영웅을 번갈아 바라보았다.

일어나자마자 벌어진 이 말도 안 되는 광경에 정신이 혼미해질 지경이었다.

"무, 무슨 소리야? 구, 군사, 자네 왜 이러는가? 이자를 왜 신이라고 부르는 것이야?"

영웅은 이 상황이 짜증 나기 시작했다.

어리둥절해하는 교주의 뒷덜미를 잡고 순간 이동을 했다.

그가 이동한 곳은 산의 정상에 있는 신전이었다.

"헉! 여, 여긴?"

교주가 당황하며 두리번거렸다.

조금 전까지 동굴 속에 있었는데 눈 깜짝할 사이에 신전으로 이동한 것이다.

그리고 그의 눈앞에는 자신들이 신성한 길이라 말한 그것이 아주 환하게 발광하며 소용돌이치고 있었다.

그 신비한 현상에 교주의 눈이 동그랗게 떠졌다.

"저, 저런 것은 처음 보는데?"

신기해하면서도 동시에 겁먹은 교주에게 영웅이 말했다.

"내가 확실하게 말해 주지. 저것은 나한테만 반응하는 것이고, 나는 너희가 말하는 저 신성한 길을 따라 이곳에 온 자이다."

영웅의 설명에 교주가 경악한 표정을 지었다.

"그리고 강하지."

고오오오오-!

영웅은 가장 확실한 증거인 무력을 교주에게 선보였다.

패도적인 기운이 사방팔방으로 넘실거리기 시작했다.

"커헉!"

엄청난 힘이 교주의 몸을 짓눌렀고, 교주는 저항해 보려 했지만 속수무책이었다. 전력을 다했지만, 자신을 짓누르는 거대한 힘을 뿌리칠 수 없었다.

그제야 깨달았다.

자신의 앞에 있는 자는 진정한 신이라는 것을.

교주는 격하게 흔들리는 눈으로 영웅을 보았다. 그의 눈에는 혼란과 불신 그리고 경외심이 담겨 있었다.

"어, 어찌 이런 힘을? 저, 정말로…… 신성한 길을 따라 내려오신 것입니까?"

교주가 떨리는 목소리로 묻자 영웅이 시큰둥한 표정으로 말했다.

"맘대로 생각하라니까? 다시 이야기하지만 내가 뭐라 하든 너의 마음속에서 아니라고 하면 그만이잖아?"

교주는 그런 영웅을 아무 말 없이 바라보았다.

"내 얼굴 그만 보고 이제 내려가자."

"네? 저, 저 아래에는 그, 그들이……."

밀월신교의 교주는 말하다가 말고 산 아래를 바라보면서 떨리는 동공으로 무언가를 두려워했다.

"아래엔 아무도 없어. 도대체 누구에게 당했길래 이리 두려워하는 거야?"

영웅의 물음에도 교주는 여전히 공포에 질려 있었다.

한숨을 내쉰 영웅은 교주를 데리고 다시 동굴로 돌아갔고, 그곳에 있는 군사에게 자초지종을 물었다.

하지만 군사 역시 눈을 꾹 감은 채 고개를 숙일 뿐이었다. 정말로 공포에 질린 모습이었다.

그런 교주와 군사의 모습에 사운학은 충격을 받았다.

자신이 아는 교주와 군사는 절대 저런 모습을 보일 이들이 아니었다.

교주가 누구인가.

삼제보다 강하고 냉철하며 자비 없기로 유명한 인물이다.

선보다는 악에 가까운 게 그였다.

그런 그가 지금 두려움에 가득 차 있었다. 천하를 굽어보던 강자가 연신 동공을 이리저리 굴리며 불안에 떨었다.

"말하기 싫으면 하지 않아도 된다. 괜히 아픈 기억을 끄집어내고 싶지는 않으니까."

영웅은 뒤를 돌아 들어왔던 입구를 향해 성큼성큼 걸어 나갔다.

대답을 안 해 줄 것 같으니 여기 있을 필요가 없었다.

미련 없이 돌아서는 영웅을 보며 교주와 군사가 당황한 표정으로 외쳤다.

"마, 마교입니다!"

그 소리에 영웅의 걸음이 멈췄다.

등천무제와 담선우는 경악한 표정으로 교주와 군사를 바라보았다.

"그, 그 이름이 왜 거기서 나와?"

그러다가 담선우는 무언가 이해했다는 듯 고개를 끄덕였다.

"황군이 아니라…… 마교였군요. 그들이라면 가능합니다. 중원 정복을 준비하던 단체를 하루아침에 멸문시킬 수 있는 저력이 그들에게는 있으니까요."

마교라면 말이 되었다.

마교라면 밀월신교를 멸문시킬 힘이 있었다.

담선우의 말에 등천무제가 이마의 땀을 닦으며 말했다.

"저, 정말이오? 그들이 확실한 것이오?"

등천무제의 말에 교주가 그를 바라보며 고개를 끄덕였다.

"……정말 그들이 그리 강하오? 보아하니 교주의 경지가 내 아래가 아닌 듯싶은데…… 이리도 두려워하신단 말이오?"

등천무제의 말에 교주가 고개를 저으며 말했다.

"나, 나도 그리 생각했소. 세상에서 내가 가장 강하다고. 세상에 무서운 것이 없다고……. 하지만 아니었소. 마교의 교주 처, 천마, 그는 인간이 아니오."

그때의 공포가 떠올랐는지 몸을 한차례 부르르 떨었다.

"단 한 수였소, 내가 당한 것은. 그리고 나에게 말하디군. 신교라는 이름을 당당하게 쓰길래 강한 줄 알고 기대했는데 실망이라고.”

“서, 설마 그들이 밀월신교를 공격한 이유가?”

담선우가 묻자 군사가 대답해 주었다.

“가, 감히 신교라는 명칭을 사용했다는 것이 공격의 이유였습니다. 그들은 정말로…… 정말로 강했습니다. 그 압도적인 무력 앞에선 어떤 계책도 무용지물이더군요.”

그리고 군사는 마른침을 꿀꺽 삼키며 자신을 바라보는 사람들에게 말했다.

“이건 어디까지 제 추측인데…… 곧 마교가 중원을 침공할 것입니다. 사실 우리를 친 것에는 신교라는 명칭 이외도 중원 침공 전 마지막 점검이라는 느낌이 있었습니다. 우리는 중원에 알려지지 않았지만, 중원 정복을 노릴 정도로 큰 세력. 중원 침공 전에 이만한 연습 상대가 없었겠지요.”

군사의 말은 충분히 일리가 있었다.

등천무제와 담선우의 표정이 심각하게 굳어졌다.

마교는 여기에 있는 밀월신교와는 차원이 다른 세력이었다.

그들은 악마 그 자체.

“주군, 소신이 중원으로 가서 모든 세력을 규합하고 마교의 침공에 대비하겠습니다.”

“저 역시 같이 가서 무제를 돕겠습니다.”

담선우의 말에 교주와 군사가 눈을 동그랗게 뜨고는 등천무제를 바라보았다.

중원에서 무제라는 별호를 달고 있는 자는 한 명뿐이었다.

"무제? 서, 설마 등천무제?"

군사가 떨리는 목소리로 말하자 등천무제가 심각한 표정으로 고개를 끄덕였다.

"정말이오? 맙소사! 자, 잠깐? 주, 주군? 방금 주군이라고 하셨소?"

군사가 놀란 표정으로 되묻자 등천무제가 다시 고개를 끄덕이며 말했다.

"그렇소. 이분이 바로 나의 주군이시오."

등천무제의 말에 교주와 군사가 경악한 얼굴로 영웅을 바라보았다.

밀월신교가 중원 정복에 있어서 가장 경계하고 빈틈없이 준비한 상대가 바로 등천무제였다.

현 중원에서 가장 강한 남자. 천하제일인에 가장 가까운 남자.

그가 바로 등천무제였다.

그런데 그런 등천무제에게 주군이라니.

놀랄 수밖에 없었다.

그러다 영웅을 보고는 고개를 끄덕였다.

영웅이라면 가능했다.

그는 신이니까.

자신을 경이롭게 바라보는 둘을 보며 영웅이 입을 열었다.

"그럼 마교라는 놈들이 활동을 시작했다는 거지? 조만간에 중원으로 쳐들어올 거고."

영웅의 물음에 담선우가 답했다.

"아마도 그럴 것입니다. 그리고 그들이 봉문한 시기가 길었던 만큼, 이번 침공은 마교의 모든 침공 중에 가장 거셀 것입니다."

담선우의 말에 다들 침을 꿀꺽 삼켰다.

그때, 밀월신교의 교주가 말을 이었다.

"그들은 정말 강하오. 천마가 나를 상대한다고 빠져 있었음에도 우리 교단이 반나절 만에 멸문했소. 겨우 반나절 만에……."

그 말에 동굴의 공기가 급격하게 무거워졌다.

등천무제와 담선우는 영웅을 바라보며 생각했다.

아무리 영웅이 강하다 해도 이건 힘들 것이다.

그러니 어서 빨리 중원으로 돌아가서 영웅을 중심으로 마교에 대항할 수 있는 체계를 만들어야 한다.

"모두가 힘을 합쳐야 할 때입니다. 주군을 중심으로 저들에게 대항할 체계를 만들어야 합니다. 여기서 이럴 시간이 없습니다! 주군, 어서 이동을……."

담선우가 다급하게 외치자 영웅이 손을 들어 제지했다.

"주군?"

담선우의 눈에 비친 영웅의 얼굴엔 미소가 감돌았다. 아직 사태의 심각성을 잘 모르는 것 같았다.

담선우가 재차 마교의 위험을 경고하려 할 때 영웅의 입이 열렸다.

"내가 해결하지."

"어서 빨리 규합…… 네?"

뜬금없는 영웅의 말에 말문이 막힌 담선우였다.

"어차피 저들이 중원으로 오면 죄없는 사람들이 많이 죽거나 다친다며. 그걸 그냥 보고 있을 수는 없지. 십만대산이랬나, 그들이 있는 곳이?"

"그, 그렇습니다. 하, 하지만……."

"아아, 십만대산을 가도 찾기 힘들 거라고?"

"그, 그렇습니다."

영웅은 담선우를 보며 웃었다.

"나에게 방법이 있으니까 걱정하지 말고."

"주군!"

담선우와 등천무제가 말리려고 했지만, 영웅은 고개를 저으며 동굴 밖으로 나갔다.

그들은 재빨리 영웅의 뒤를 따랐고, 지금 상황이 전혀 이해가 안 되는 나머지 사람들은 잠시 어리둥절한 표정을 짓다가 서둘러 뒤따라 나섰다.

밖으로 나오니 멍하니 하늘을 보고 있는 등천무제와 담선우가 있었다.

"그분은 어디로 가셨습니까?"

교주가 묻자 등천무제가 하늘을 가리키며 말했다.

"날아가셨소. 저 위로……."

교주를 비롯한 그곳에 있는 모든 이가 하늘을 보며 멍한 표정을 지었다.

십만대산.

10만 개의 거대한 산들이 모여 있다고 하여 지어진 이름이었다.

이름처럼 엄청난 높이의 산들이 사방에 펴져 있었고, 지형 또한 사람이 쉽게 접근할 수 없을 정도로 험난했다.

거기에 자연적으로 만들어진 함정과 진법이 이곳을 방문하는 이들의 목숨을 위협했다.

안개가 짙게 낀 산이 있는가 하면, 어떤 산은 독초로만 이루어졌다.

그렇게 각기 다른 특징을 가진 10만 개의 산이 그곳에 자리를 잡고 있었다.

당연히 아무리 경지가 높아도 이곳에 대해 잘 알지 못하면 쉽게 지나갈 수 없었다. 마교가 그 오랜 기간 동안 명맥을 유지할 수 있었던 이유였다.

힘이 약해진 마교를 토벌하려 해도 마교의 본단이 어디에 있는지 모르고.

혹여 그들을 완전히 토벌하기 위해 십만대산에 들어갔다 간 오히려 자신들이 위험에 빠질 수 있었기에, 그저 몰아낸 것에 만족해야 했다.

마교 역시 그런 사실을 잘 알기에 안심하고 이곳에서 힘을 비축하며 훗날을 기약했다.

그런데 그러한 십만대산을 아주 샅샅이 뒤지는 최초의 사람이 등장했다.

하늘 높은 곳에서 넓게 펼쳐진 십만대산을 바라보며 감탄을 하는 사람.

바로 영웅이었다.

"휘유! 엄청나네. 이러니까 중원 사람들이 십만대산이라고 하면 학을 떼지. 웬만한 사람은 이곳에 올 엄두도 못 내겠네."

꽤 높은 곳까지 올라왔음에도 산봉우리가 여전히 가까웠다.

영웅은 조금 더 위로 올라갔다.

그리고 초신안을 펼쳐 주변을 둘러보기 시작했다.

나올 때마다 온 중원을 공포에 몰아넣을 정도의 세력이라면 분명히 그 크기가 작지 않을 것이다.

주변을 두리번거리던 영웅은 무인으로 보이는 사람들이 어딘가로 다급하게 이동하는 모습을 발견했다.

딱 봐도 좋은 놈들 같지 않았다.

"몸에서 풍기는 기운이 별로 마음에 안 드는데? 이게 마기라는 건가?"

영웅은 기분 나쁜 기운을 느끼며 그들이 있는 곳을 향해 서서히 하강했다.

어느 정도 내려가자 저들의 대화가 들렸다.

"샅샅이 찾아! 그 거지 놈이 강호로 나가기 전에 반드시 잡아야 한다!"

대장으로 보이는 자가 수하들에게 명령을 내리고 있었다.

누군가를 찾는 것 같았다.

영웅은 수상한 무리 뒤에 살며시 착지하고는 그들을 불러 세웠다.

"어이, 잠깐 멈춰 보지?"

갑작스럽게 들려오는 목소리에 일제히 고개를 돌리며 무기를 꺼내 드는 마인들.

촤! 촤! 촤! 촹-!

"누, 누구냐!"

"기척도 없이 우리 뒤에서 나타나다니……. 모두 경계해라!"

대장으로 보이는 자의 말에 엄청난 살기가 영웅을 덮쳤다.

살기를 정면으로 맞는 영웅은 오래간만에 느끼는 짜릿함에 미소 지었다.

"살기가 짜릿하네. 너희가 마교냐?"

영웅이 대수롭지 않게 물은 질문에 그들이 흠칫했다.

"눈이 커지는 것을 보니 맞구나."

영웅의 말에 대장으로 보이는 자가 나서서 말했다.

"중원 놈이냐?"

"그래, 중원 놈이다. 그리고 내가 먼저 물었잖아, 마교 놈들이냐고."

영웅의 물음에도 대장으로 보이는 자는 영웅을 살피기에 여념이 없었다. 그러다 긴장했던 표정을 풀고 미소를 지으며 말했다.

"내공이 형편없는 것을 보니…… 고수는 아니고……. 은신술을 극성으로 익힌 놈인가? 우리를 염탐하던 거지새끼의 동료인가? 자신을 희생해서 동료를 구하는 뭐 그런 건가?"

"동료? 나는 혼자 왔는데?"

"크크크, 처음에는 다들 그렇게 말하더구나. 하지만 우리와 즐거운 시간을 보낸 뒤에도 그런 소리가 나오는지 두고 보자."

"즐거운 시간이라…… 나도 즐거운 시간 참 좋아하는데."

영웅은 정말로 즐거운지 환하게 웃는 얼굴로 말했다.

그 모습에 대장으로 보이는 자가 어이없다는 표정을 지

었다.

"상황 파악도 제대로 못 하는 멍청한 놈인가? 만약 동료를 구하기 위해 이목을 끄는 것이라면 성공했다. 칭찬해 주지. 그런데 어쩌지? 네놈의 동료를 쫓고 있는 것은 우리뿐이 아니야. 크큭, 이제부터 네놈의 사지를 아주 천천히 찢어발기며 즐거운 시간을 보내 주마."

대장으로 보이는 자는 영웅이 나선 게 자신을 희생해서 도망간 거지를 구하기 위한 것이라고 생각했다.

그것이 내공도 형편없는 영웅이 나선 이유로 가장 타당했으니까.

설마하니 저런 형편없는 내공으로 자신들을 이길 것이라 생각하는 건 아닐 테고 말이다.

그는 자신들이 쫓던 거지를 놓치게 한 원흉이니 최대한 오래 살려 두면서 고통을 줄 생각이었다.

"네놈의 내장이 어찌 생겼는지 볼 수 있는 기회를 선사해 주지, 크크크크."

사악한 미소와 함께 자신을 섬뜩한 눈빛으로 바라보며 말하는 대장을 보고 영웅이 고개를 절레절레 저었다.

"이 세상 놈들은 왜 이리 말이 많은 거지? 그냥 좀 덤비면 안 되냐, 응?"

"뭐?"

"그냥 좀 덤벼. 일단 때려눕히고 협박을 하든 찢어발기든

하란 말이야!"

슈악-!

말이 끝남과 동시에 순식간에 대장의 앞으로 고속 이동 한 영웅이 주먹을 말아 쥐며 말했다.

"이렇게 말이야."

퍼억-!

"커헉!"

대장은 복부에서부터 올라오는 고통을 느끼며 믿을 수 없다는 표정으로 영웅을 바라보았다.

엄청난 고통이었지만 그는 이를 악물고 버텼다. 다만 고통을 이기기 위해 움직임을 멈추었기에 영웅에게 반격을 가하지는 못했다.

그 모습을 보며 영웅은 눈을 반짝였다.

지금까지 대부분 이 한 방에 나가떨어지거나 배를 잡고 데굴데굴 구르며 고통에 몸부림쳤는데 이놈은 버티고 있었다.

역시 악명이 자자한 마교라는 생각이 들었다.

"호오, 이걸 버티네?"

영웅이 갑작스럽게 사라지더니 자신들의 대장 앞에 나타나 공격한 것을 본 무리가 화들짝 놀라며 외쳤다.

"마군님!"

"제길! 마군님을 구해!"

당황하면서도 영웅을 향해 일제히 검을 휘두르는 무리.

하지만 영웅은 자신을 향해 시커먼 기운이 넘실거리는 검들이 날아오는데도 조금의 관심도 주지 않고, 오로지 고통을 악으로 버티는 대장만 흥미롭게 바라보았다.

그 모습에 수하들은 비릿한 미소를 지으며 주저 없이 검을 찔러 들어갔다.

상대는 아까의 기습 공격에 모든 힘을 쏟은 게 분명했다.

그래서 공격이 실패하자 망연자실한 채 아무것도 못 하는 것이다.

대장도 고통 속에서 그 모습을 보았다.

그 역시 고통으로 빈틈투성이인 자신에게 추가 공격을 하지 않는 걸 보고 방금 공격이 영웅이 할 수 있는 최고의 기술이었다고 생각했다.

대장, 마군의 얼굴에도 미소가 지어졌다.

이제 자신의 수하들이 날린 검에 저놈의 몸이 갈가리 찢겨 나갈 것이다.

자신의 손으로 최대한 고통을 주고 죽이지 못하는 것이 아쉽지만 그냥 넘어가기로 했다.

그때, 이질적인 소리가 대장의 고막을 때렸다.

까가가가가강-!

분명히 사람의 몸을 가격했는데 쇠를 두드리는 듯한 소리가 들린 것이다.

"크헉!"

"커헉!"

"크흑!"

오히려 검을 휘두른 수하들이 충격을 받아 튕겨 나가고 있었다.

말도 안 되는 광경에 대장은 고통도 잊은 채 소리 질렀다.

"마, 말도 안 돼! 거, 검기를 머금은 검을 맨몸으로 튕겨 낸다고?"

이런 말도 안 되는 몸뚱이가 어디 있단 말인가.

"서, 설마 금강불괴?"

대장이 눈을 동그랗게 뜨며 자신의 머릿속에 떠오른 그것을 입 밖으로 내뱉었다.

"정, 정말 전설로 내려오는 금강불괴란 말인가? 그, 그래서 내공이 그렇게 약한 것이었나? 외공을 극한까지 익힌 덕분에 나에게 이런 충격을 줄 수 있었던 것이고? 거지 놈을 위해 시간 끄는 게 아니라 우리를 처리하러 온 것인가?"

세상의 모든 공격을 막아 낸다는 전설의 신체가 바로 금강불괴였다.

하지만 그것을 정말로 이룬 자는 없었다.

일단 내려오는 수련법부터가 너무도 터무니없었다.

도저히 인간이 할 수 없는 것들이었다.

그런데 눈앞에 그 전설을 이룬 인간이 있었다.

"금강불괴? 아닌데? 그런 거 익힌 적도 없고, 그냥 몸이 좀 튼튼하다고 생각하면 돼."

하지만 영웅은 그게 무슨 말이냐는 표정으로 대장을 바라보았다.

영웅의 말에 대장이 믿을 수 없다는 표정으로 되물었다.

"지금 그걸 믿으라는 것이냐?"

"믿든 안 믿든 그건 중요한 것이 아니고, 하던 건 계속해야지?"

"무, 무엇을 말이냐?"

영웅이 웃으며 자신을 향해 다가오자, 자신도 모르게 뒷걸음질을 치며 피하는 대장이었다.

왠지 그래야 할 것 같은 기분이 들었기 때문이다.

그것은 정확한 판단이었다.

아니, 자신이 가진 모든 기운을 전부 쏟아부어서라도 당장 그곳을 빠져나갔어야 했다.

"혹시나 해서 물어보는 건데 너네 마교 본단이 어딘지는 대답 안 할 거지?"

"우리는 마교가 아니다!"

"그래, 그렇게 말할 거 같았어."

자신이 아무리 우겨도 믿을 것 같지 않았다.

그렇다면 자신이 할 수 있는 것은 한 가지뿐이다.

이자를 이곳에 묶어 두는 것.

그리고 이자에게 자신들의 정체를 끝끝내 숨기는 것이다.

우드득—!

한참 뒤로 물러난 대장이 무언가를 결심한 표정으로 주먹을 있는 힘껏 쥐며 공격 자세를 취했다.

그리고 뒤에서 당황하는 수하들을 보며 외쳤다.

"모두 정신 차려라! 위험한 놈이다! 동귀어진(同歸於盡)을 할 각오로 덤벼라. 절대로 이곳에서 저자를 보내면 안 된다!"

대장의 말에 당황하던 수하들의 표정이 진중해졌다.

영웅은 대장이 외친 동귀어진이라는 단어에 집중했다.

동귀어진.

적과 함께 죽을 각오로 덤빈다는 말인데, 주로 도저히 상대가 안 될 것 같은 고수를 만났을 때 쓰는 수법이었다.

하지만 보통은 고수를 어찌하지 못하고 죽는 결말로 끝났다.

좋게 말하면 장렬하게 전사하는 것이고, 현실적으로 말하면 그냥 동반 자살 시도였다.

물론 영웅이 그것을 그냥 두고 보고 있을 리 없었다.

"누구 맘대로 자살하려고 해? 안 되지."

영웅이 미소를 지으며 뒤에서 자신을 향해 달려오는 수하들을 바라보았다.

그 순간 달려오던 수하들의 몸이 얼음이라도 된 것처럼 그대로 굳었다.

"으윽!"

"크흑! 이, 이게 뭐야? 몸이 안 움직여!"

"으아아악!"

갑작스러운 상황에 당황한 이들이 몸을 움직여 보려고 애를 썼다. 분명 자신의 몸인데 아무리 용을 쓰고 발악해도 움직이지 않았다.

"너희는 잠시 그러고 있어."

영웅의 말에 그들은 깨달았다. 자신들을 이렇게 만든 이가 바로 영웅이라는 것을.

"이놈, 당장 이것을 풀지 못하느냐! 당당하게 싸우다가 죽게 해라!"

"비겁하게 사술을 이용하다니, 당당히 덤벼라!"

"우리가 그렇게 두렵더냐? 이딴 사술을……! 네가 그러고도 무인이란 말이더냐!"

뒤에서 악을 쓰며 막말을 하자 대장을 향하던 영웅의 몸이 멈췄다.

"하아, 그냥 조용하게 있으면 몸이 편할 텐데 말이지."

영웅은 자신을 향해 악을 쓰는 수하들을 바라보며 다시 한 번 미소 지었다.

수하들은 그 모습이 마치 지옥에서 올라온 사자가 웃는 것 같아 소름이 돋았다.

영웅은 자신을 향해 소리치던 수하들의 입까지 막아 버리고는 손을 한 번 쓱 휘둘렀다.

그리고 다시 뒤를 돌아 원래 목표였던 그들의 대장, 마군을 향해 걸어갔다.

이 모든 상황이 벌어지는 동안 대장은 어떤 것도 할 수 없었다. 영웅이 수하들의 몸을 멈출 때 대장도 같이 멈췄기 때문이다.

"아! 미안, 미안. 너는 입까지 막아 버렸구나."

영웅이 전혀 미안하지 않은 표정으로 대장에게 말했다.

영웅의 말에도 대장은 영웅 뒤에 있는 자신의 수하들을 바라보았다.

무엇을 보았는지 그의 눈은 심하게 떨리고 있었다.

"왜, 수하들이 걱정돼?"

영웅의 친절한 말에도 대장은 공포가 가득한 눈으로 자신의 수하들만 보았다.

대장의 눈에 비친 수하들은 비록 소리치지는 못하고 있었지만, 극한의 고통을 느끼고 있는 게 분명했다.

이마에는 굵은 핏줄이 솟아올라 있고, 얼굴 전체가 빨갛게 변한 채 눈은 찢어져라 커져 있었다.

누가 봐도 엄청 고통스러운 표정이었다.

"우으으으으읍!"

"으으으읍!"

"끄으으으읍!"

입이 벌어지지 않아 그저 신음 같은 소리를 낼 수밖에 없는 수하들을 바라보다 천천히 영웅에게 눈을 옮기는 대장이었다.

"이제야 날 봐 주네. 조금만 더 늦게 봤으면 나 서운할 뻔."

영웅이 생글생글 웃으며 대장에게 말했다.

그 모습이 더 공포스러운지 대장의 눈이 아까보다 심하게 떨렸다.

"일단 할 건 하고 물어봐야겠지?"

영웅의 말에 고개를 격하게 저으려 했지만 몸이 움직이지 않았다.

"우으으으읍읍읍!"

아니라고, 일단 물어봐 달라고 외쳤지만, 영웅에게 전해지지 않았다.

"그렇게 좋아? 나도 좋아. 얼마 만의 손맛인지 모르겠다."

영웅이 대장을 향해 손을 뻗어 그의 다리를 잡았다.

우드득-!

"우으으으읍!"

몸부림을 치고 싶은데 그럴 수가 없었다. 그래서 더욱더 고통스러웠다.

가뜩이나 고통스러운데 귀로 들려오는 영웅의 친절한 설명이 그를 더욱 미치게 만들었다.

"원래는 뼈만 분질렀거든. 그런데 이 세상에 와 보니 내공이라는 게 있는 거야. 그것을 살짝 변형해서 이렇게 써 봤는데 효과가 만점이더라고. 하아, 진작 알았으면 훨씬 편하게 애들을 잡아 족쳤을 텐데. 그동안 무식하게 뼈만 분질렀거든.”

우득- 우드득-!

“크우우우우읍읍!”

“사실 이렇게 하는 것도 번거로운 건 마찬가지인데, 가끔 이렇게 손맛을 봐 줘야 이 감각을 잊지 않거든.”

상대방이 고통에 몸부림을 치든 말든 자기 할 말만 하는 영웅이었다.

대장은 자신의 수하들과 마찬가지로 이마에 핏줄이 솟아오르고 눈의 실핏줄이 터져 빨갛게 변해 있었다.

그런 대장의 여기저기를 살펴보더니 영웅이 말했다.

“아파? 아프다고? 에이 씨, 말을 못 하게 했더니 이거 아픈 건지 안 아픈 건지 알 수가 있나. 그래도 뭐 어쩌겠어. 일단 하던 건 마저 하고.”

“읍읍읍읍!”

대장이 아주 간절하게 무언가를 외치고 있었지만, 영웅은 가뿐하게 그것을 무시하고는 다시 자기 할 일을 시작했다.

그렇게 한참을 대장의 뼈란 뼈를 다 작살낸 영웅은 흐물흐물해진 대장을 바라보았다.

대장의 숨소리가 점점 약해지고 있었다.

대장은 자신의 목숨이 이제 끝나 가고 있다는 사실에 기뻤다.

이제 더는 이 고통을 느끼지 않아도 된다는 생각에 오히려 마음이 편해진 것이다.

대장이 미소를 지으며 눈을 감았다.

그때, 처음 들어 보는 단어가 그의 귀에 들렸다.

“리스토어.”

영웅이 죽어 가는 대장을 향해 손을 뻗고 외친 것이다.

화악-!

그 순간 대장은 자신의 몸이 상쾌해지는 것을 느꼈다. ‘이것이 죽기 직전에 일어난다는 회광반조인가?’라는 생각까지 했다.

하지만 그것은 대장의 착각이었다.

흐물흐물해졌던 몸이 순식간에 정상으로 돌아왔다. 물론 정신도 말짱하게 원상태로 복귀되었다.

마치 조금 전까지 있었던 일이 꿈인 것 같았다.

이게 무슨 상황인지 파악이 안 되는지 연신 눈을 껌벅이며 영웅을 바라보는 대장.

그런 대장에게 영웅은 다시 친절하게 설명해 주었다.

“아, 리스토어라고 박살 난 몸을 원상태로 돌리는 기술이야. 즉, 내가 널 몇 번이고 박살 내도 너는 죽지 못한다는 말이지.”

그리고 아주 해맑게 웃었다.

"자, 다시 시작해 볼까?"

영웅이 소매를 걷고 손을 뻗으려 할 때 대장의 입에서 말이 튀어나왔다.

"그, 그만! 제, 제발 그만! 그만해 주세요! 제발……."

눈물을 흘리며 영웅에게 사정하는 대장이었다.

"어라? 에이 씨, 풀렸나? 왜 풀렸지?"

대장이 하는 말은 귓등으로도 안 듣고 그저 풀린 이유를 찾는 영웅이었다.

하지만 사실 영웅이 몰래 풀어 주었다.

이제까지 충분히 뜸을 들였으니 답을 들을 차례였다.

그때, 대장이 서둘러 말을 이었다.

다시 시작하려는 영웅의 모습에 아까의 질문을 떠올리고 말을 쏟아 내기 시작했다.

"네, 맞습니다! 저, 저는 마교인입니다! 마교의 마군 중 한 명입니다! 무, 무엇이든 물어봐 주십시오! 제발!"

"그걸 왜 말해? 네가 그런 걸 그렇게 술술 말하면 내가 널 괴롭힐 명분이 없잖아, 명분이!"

영웅의 말에 대장이 기겁하며 계속 말을 이어 갔다.

"제, 제가 안내하겠습니다! 본단이든 어디든 말씀만 하십시오! 제가, 제가 안내하겠습니다!"

"정말?"

"그렇습니다! 무엇이든 물어보시고 어디든 말씀만 하십시오! 제 머릿속에 있는 모든 것을 끄집어내는 한이 있더라도 반드시 안내해 드리겠습니다!"

그 모습에 영웅이 자리에서 일어나 옆에 있는 바위에 걸터앉았다.

"좋아, 이제 자세가 제대로 되었네."

그러곤 뒤에서 여전히 고통스러워하는 수하들을 향해 손을 뻗었다.

슈아악-!

단지 손을 뻗었을 뿐인데 수십 명에 달하는 마인들이 허공에 붕 떠올랐다. 그리고 빠르게 대장의 뒤쪽으로 날아갔다.

"얌전히 있어라, 풀어 줄 테니."

영웅이 눈을 찡긋하자 고통이 사라졌는지 수하들이 기쁨의 눈물을 보였다.

"자, 마군이 뭔지부터 들어 볼까?"

영웅의 질문이 끝나기 무섭게 대장이 목청껏 답변했다.

"네, 마군이란 중원에서 말하는 단주와 같은 지위라고 보시면 됩니다!"

"아, 그런 거야? 중원을 침공할 계획이었어?"

"그렇습니다! 빠르면 이번 달, 늦으면 다음 달 초에 진격하기로 예정되어 있습니다!"

"아까 네가 쫓던 사람은?"

"저, 정확하게는 모르나 아마 개방에서 우리를 염탐하기 위해 보낸 자 같았습니다! 원래 50명에 달했으나 모두 처리했고, 유일하게 남은 그자를 쫓던 중이었습니다!"

대장의 말에 영웅이 고개를 끄덕였다.

"그렇군. 일단은 너네 본단으로 가자."

"네?"

정말로 가자고 할 줄은 몰랐다.

신교가 어떤 곳인가.

비록 자신은 힘이 없어서 이렇게 허망하게 당했지만, 본단에는 자신은 감히 상대도 할 수 없는 괴물들이 득실거렸다.

속으로 미소를 지으며 우렁차게 대답하는 대장이었다.

"알겠습니다!"

그 모습에 영웅이 웃으며 말했다.

"좋아하기는. 왜, 내가 거기 가면 본단 사람들이 나를 갈기갈기 찢어 죽여 줄 것 같아?"

"네? 그, 그게 무슨 말씀이신지?"

"표정! 다 보여, 인마."

"아, 아닙니다!"

"아니긴. 상관없어, 가자."

자리에서 일어난 영웅이 재촉했다.

"빨리 후딱 처리하고 돌아가게."

'뭐를 후딱 처리한단 말인가? 설마 신교를 후딱 처리하고

간다는 소리는 아니겠지?'

마치 나무하러 와서 후딱 베고 가겠다는 듯 말하고 있었다.

그 순간 대장은 이자를 정말 데려가야 할지 말아야 할지 심각하게 고민했다.

'아니야, 이자가 아무리 강하다 해도 본단의 괴물들에겐 안 될 것이다.'

그렇게 대장은 마교 역사상 최악의 재앙을 자신의 손으로 안내하는 실수를 하고 말았다.

끝도 없이 펼쳐진 거대한 산들 사이로 높이가 남다른 산이 하나 있었다.

사람들은 그 산을 천산이라 불렀다.

하늘에 가장 가까운 산이라는 뜻으로, 이름처럼 정말 까마득하게 높았다.

산꼭대기까지 올라가면 거대한 분지가 모습을 드러내는데 워낙에 높은 곳에 있어 그 사실을 아는 이는 많지 않았다.

그리고 그 분지를 둘러싼 산들 중 가장 높은 산에 마교가 있었다.

절벽을 깎아 만들어 마치 산과 하나인 듯한 성.

얼핏 보면 성으로 보이지 않고 그냥 깎아지른 절벽으로 보일 정도였다. 심지어 하늘에서 내려다보아도 발견하기 쉽지 않았다.

"저러니 찾을 수가 없지."

영웅의 중얼거림에 옆에서 걷고 있던 대장이 화들짝 놀라며 물었다.

"뭐, 뭐가 보이십니까?"

대장이 놀란 표정으로 묻자 영웅이 손가락으로 성이 있는 곳을 가리키며 말했다.

"저게 천마신교가 있는 성인가?"

영웅의 말에 대장이 믿을 수 없다는 표정으로 바라보며 말했다.

"그, 그게 보이십니까?"

"그럼 보이지 안 보이냐? 내가 장님이야?"

자신을 놀리나 싶어 살짝 기분이 상한 영웅이었다.

'오는 동안 너무 풀어 줬나? 살짝 재교육을 하고 가?'

하지만 그것은 크나큰 오해였다.

"마, 말도 안 됩니다! 성 주변에는 거대한 환상진이 펼쳐져 있어 외부에선 절대 볼 수 없습니다."

"환상진?"

"그렇습니다. 저 환상진 덕분에 우리 신교가 천 년 동안 중원 놈들에게 들키지 않은 것입니다."

"그래? 내 눈에는 선명하게 잘 보이는데? 어쨌든 지금 네 눈에는 안 보인단 말이지?"

"그, 그렇습니다."

"음, 딱 보니 산을 깎아서 만들었네. 맞아?"

영웅의 말에 대장이 경악했다.

사실이었다.

마교의 본단은 일반적인 성이 아니다.

본래 마교의 마인들이 수련하던 곳으로, 절벽을 조금씩 깎아 들어가 지금의 모습이 된 것이다.

그래서 살짝 투박했지만, 그 때문에 오히려 주변의 자연경관에 잘 녹아들어 환상진이 아니라도 구별하기 힘들었다.

'이거 성에 가도 당해 낼 사람이 없는 거 아냐?'

대장은 불안이 싹트기 시작했다.

"왜, 이제 살짝 나의 위대함이 느껴지나?"

"네? 아, 아닙니다! 지, 진즉 알고 있었습니다."

대장의 말에 영웅이 미소를 지으며 말했다.

"어찌 되었든 위치를 알았으니 이렇게 한가하게 걸어갈 필요가 없겠군."

"네? 어어어?"

의문과 동시에 자신의 몸이 떠오르는 것을 느낀 대장이 당황해서 소리 질렀다.

뒤를 돌아보니 자신뿐 아니라 수하들도 놀라 허둥대고 있었다.

영웅은 그러거나 말거나 이들을 전부 띄운 후 마교를 향해 빠른 속도로 날아갔다.

푸항-! 콰콰콰콰-!

공기를 가르는 소리가 사방에 울려 퍼졌고 잠시 후에 엄청난 폭음이 터졌다.

쿠와와와왕-!

거대한 먼지구름과 함께 영웅은 땅에 착지했다.

엄청난 폭음에 성에서 사람들이 하나둘씩 모습을 드러내었다.

영웅은 그런 그들을 보면서도 대수롭지 않은 표정으로 환상진이 있는 곳을 향해 천천히 걸어갔다.

성 위에서 일단의 사람들이 영웅을 가리키며 뭐라 뭐라 떠들었다.

제법 거리가 있었지만, 영웅의 귀에는 전부 들렸다.

"비상 울려!"

"네? 겨우 한 놈인데요?"

"미친놈아! 저게 그냥 한 명으로 보이냐? 그리고 방금 하늘에서 날아오는 거 못 봤어? 저자가 만든 풍경을 보고 말하란 말이다!"

영웅이 있는 곳은 방금 착지로 인해 거대한 구덩이가 파여 있었다.

영웅이 일부러 만든 것이기도 했다.

이것만큼 적들의 이목을 끄는 게 또 있을까.

최대한 이목을 끌어야 저들이 자신에게 관심을 가지고 우르르 몰려나올 것이다.

"하지만 저 앞에는 환상진과 미로진이 펼쳐져 있습니다. 저자도 그것들은 통과하지 못하니 저 앞에서 착지한 거 아닙니까."

"그것을 떠나 우선 여기를 알고 있다는 거 자체가 문제야. 더군다나 저 파괴력, 보통 인간이 아니야. 어서 비상을 울리고 신마님들께 이 사실을 전해라!"

저들의 이야기를 듣고 영웅은 느긋하게 자리를 잡고 앉았다.

이제 기다리면 알아서 몰려나올 터였다.

한편, 뒤에선 영웅에게 강제로 끌려온 마인들이 정신을 못 차리고 있었다. 엄청난 속도와 강제로 공중에 떴다는 충격이 너무 컸던 탓이다.

가장 먼저 정신을 차린 대장이 조심스럽게 다가와 물었다.

"어찌 이곳에서 이러고 계시는지……?"

대장의 물음에 영웅이 정면을 바라보며 대답해 주었다.

"방금 내가 왔다고 화려하게 알렸으니 알아서 우르르 몰려나오지 않겠어? 그거 기다리는 거지. 뭐, 준비할 시간도 줄 겸."

말하는 영웅의 얼굴은 마치 재미난 장난감을 발견한 아이 같았다.

그 모습에 대장은 소름이 돋았다.

'이, 이자는 우리 천마신교를 적으로 생각하지 않고 있다. 그, 그저 재미난 장난감을 발견해서 기쁠 뿐이다.'

대장의 생각은 정확했다.

영웅은 제발 이들이 세상에 알려진 것처럼 잔혹하고 인간미라곤 조금도 없기를 바라고 있었다. 그런 이들을 갱생시키는 것이 가장 짜릿하고 재밌기 때문이다.

대장이 영웅에게 조심스럽게 물었다.

"저, 정말 환상진이 상관없으십니까?"

"왜, 내가 여기서 멈춰 선 이유가 저걸 통과하지 못해서인 거 같아?"

"아, 아닙니다. 그, 그저 호기심에……."

"내가 저것까지 파괴하면 저들이 도망갈까 봐."

"네?"

"너무 많이 드러내면 다들 지레 겁을 먹고 도망가더라고. 그러면 쫓아가서 일일이 잡아 족쳐야 하는데 귀찮잖아. 이렇게 적당히 자신들이 해볼 만하다고 생각하게 만들어야 안 도망가고 몰려온단 말이지. 환상진을 파괴하지 않는 이유도 그거고."

세상 기가 막힌 이유였다.

온 세상 사람들이 자신들을 두려워하고 벌벌 떠는데, 영웅은 그 반대였다.

오히려 마교인들이 자신을 두려워해 도망갈까 봐 염려하고 있었다.

그리고 영웅의 예상은 정확하게 맞았다.

성 위로 제법 기운을 풍기는 이들이 하나둘 모습을 드러내고 있었다.

영웅은 그들의 목소리를 듣기 위해 집중했다.

"뭐야? 우리를 전부 모이게 한 이유가 겨우 저거냐?"

붉은 머리를 한 남자가 실망한 표정으로 말하자 경계를 서고 있던 마인 하나가 거대한 구덩이를 가리키며 말했다.

"방금 저자가 만든 것입니다. 아무래도 저희 선에서 처리하기는 힘든 고수로 보였습니다."

"크크크, 그러고도 너희가 대천마신교의 교인들이더냐?"

"난 또, 난리를 치길래 중원 놈들이 여기를 발견하고 몰려온 줄 알았는데, 겨우 저런 구덩이를 만들었다고 이리 호들갑을 떨다니."

"크크크, 아무래도 중원 진출을 좀 더 미뤄야 하는 거 아닌가? 저런 새가슴들을 데리고 무슨 중원 정복을 한다고."

다들 상황을 전혀 심각하게 생각하지 않고 오히려 즐기는 분위기였다.

"어라? 저 뒤에 있는 애들은 우리 애들 같은데? 복장도 그렇고.”

“뭐지? 설마 저놈들이 배신을?”

“배신했다면 우리를 속여서 환상진을 열게 했겠지. 아마도 인질로 잡힌 것이 아닐까 싶은데?”

“인질을 저리 자유롭게 풀어놓는다고?”

“그만큼 강하다는 소리가 아닐까? 크크크크크, 심심했는데 잘됐네. 내가 나서지.”

거대한 도를 패용한 자가 즐거운 웃음을 지으며 앞으로 나섰다.

그러자 뒤에 있던 자들 중 검을 든 이가 그의 앞을 가로막으며 말했다.

“여긴 내가 맡지.”

그 모습에 도를 든 남자가 버럭 소리를 질렀다.

“검마(劍魔)! 뭐야, 내가 먼저 발견했다고!”

“도마(刀魔), 네놈은 중원 출정 준비나 해라. 저자는 내가 맡지.”

“뭐, 장난하나? 나도 즐기고 싶다고! 출정하기 전에 중원놈의 피로 온몸을 씻고 싶단 말이다!”

도마의 외침에 옆에 창을 들고 있던 자 역시 도마를 도와 검마를 몰아붙였다.

“도마의 말이 맞다! 검마, 네놈이 뭔데 우리를 제치고 나선단 말이냐!”

"내가 여기서 가장 강하니까 나서지. 도마, 창마, 억울하면 너희도 강해져라."

검마의 말에 도마와 창마가 입술을 씰룩이며 몸을 부르르 떨었다.

하지만 검마에게 덤비지는 않는 것을 보니 그의 말이 사실인 것 같았다.

그 모습을 보며 검마가 미소 짓곤 영웅을 바라보았다.

그런데 눈을 마주친 영웅이 일어나더니 환상진 쪽으로 걸어오기 시작했다.

"뭐지? 나랑 눈이 마주치자마자 환상진 쪽으로 이동하는데? 설마…… 환상진을 뚫고 나를 본 것인가?"

검마의 말에 뒤에서 도마와 창마가 코웃음을 치며 말했다.

"흥! 그걸 지금 말이라고 하는 것이냐? 저 환상진은 마뇌(魔腦)가 10년에 걸쳐 보완한 무적의 진이다. 아무리 무공이 강하다고 해도 환상진을 뚫고 우리를 볼 수는 없다."

"도마의 말이 맞다. 아무래도 환상진을 통과하기 위해 움직인 것 같은데, 아마 저 뒤에 있는 배신자 놈들이 알려 줬겠지."

2장

환상진을 통과하기 위해 움직인 것 같다는 도마와 창마의 말에 검마가 한숨을 쉬면서 말했다.

"무식한 놈들아, 평소에 교에 관심 좀 가져라. 우리니까 저길 통과하는 방법을 알고 있는 거지, 개나 소나 전부 진을 통과하는 방법을 알면 우리 교의 비밀이 유지되겠느냐? 이제라도 알아 둬라. 일반 교도들은 성안에서 열어 줘야만 통과가 가능하다. 만약 저들이 배신했고, 저자를 이곳으로 들여보내려고 했다면 신호를 주었겠지. 문을 열어 달라고."

검마의 말에 둘은 기분이 상했는지 꽁한 표정으로 입술을 삐쭉 내밀며 대답하지 않았다.

그런데 입을 꾹 다문 둘을 포함해 그곳에 있는 모든 이의 입이 크게 벌어지는 광경이 펼쳐졌다.

환상진으로 거침없이 발을 내딛는 영웅을 보며 이제 수많은 환상에 홀려 허우적댈 거라 생각했는데, 걸어오는 모양이 이상했다.

휘청거리지도, 당황하지도 않았다.

그저 성을 향해 똑바로 걸어오고 있었다.

"저게 가능한 것인가?"

"당연히 아니지!"

"그, 그럼 지금 저건 뭐지?"

눈앞의 놈은 환상진이 전혀 보이지 않는 것처럼 행동하고 있었다.

그때 영웅의 목소리가 그들의 귀를 때렸다.

"보통은 진을 설치하면 그것을 구성하는 무언가가 있다던데…… 저건가?"

그러더니 한쪽에 있는 거대한 기둥을 바라보았다.

그것은 환상진의 중심이 되는 기둥이었다.

물론 밖에서는 절대로 보이지 않았다.

그때 영웅이 기둥을 향해 주먹을 내질렀다.

쿠아아아아-! 푸하하하학-!

무공을 사용한 게 아니다.

그저 주먹을 내질렀을 뿐이다.

하지만 그 뒤에 벌어진 광경은 그런 단순한 것이 아니었다.

기둥은 먼지가 되어 사라졌고, 그 기둥의 뒤에 있던 천산의 일부분까지 날아갔다.

그 모습에 검마를 포함해 그곳에 있던 모든 이가 긴장하기 시작했다.

검마는 자신의 검을 꽉 움켜쥐고는 뒤에 있는 도마와 창마에게 말했다.

"이런 말 하기는 정말 싫지만, 우리가 힘을 합쳐야 할 수도 있겠다."

검마의 말에 도마와 창마가 아무 말 없이 자신들의 무기를 꺼냈다. 그들 역시 검마의 말에 동의하는 것이다.

"이거 아무래도 중원에 나가기 전에 제대로 예행연습을 하게 생겼군."

"저 정도 위력을 아무렇지 않게 보인 것을 보니 엄청난 고수군. 이거 잘하면 교주님까지 나서야 할 수도 있겠어."

긴장한 표정으로 영웅을 바라보는 그들이었다.

그러는 사이 영웅은 이미 성 아래쪽까지 걸어온 상태였다.

"여기가 마교 맞냐?"

영웅의 말에 검마와 도마, 창마를 비롯하여 그곳에 있는 모든 이의 이마가 꿈틀거렸다.

마교도들은 스스를 신교라 부르며 마교라 불리는 것을 극도로 싫어했다.

검마가 나시서 말했다.

"어디서 온 고인이신가? 이곳은 그대들이 말하는 마교가 맞네."

"역시나 맞았네. 너희가 중원에 쳐들어온다는 소식이 들려서 말이지. 그래서 그 전에 처리하려고 왔어."

"자네 혼자 말인가? 방금 자네가 펼친 한 수는 아주 감명 깊게 보았네. 하나, 혼자 우리 모두를 상대하겠다는 건 무모한 생각 같은데?"

"그게 뭐 어려운 일이라고. 듣자 하니 전에 뇌황이라는 자도 혼자 휩쓸고 갔다더만."

영웅의 입에서 뇌황이라는 이름이 나오자 아픈 과거가 떠올랐는지 다들 인상이 구겨졌다.

아마도 마교에서 뇌황은 금기어였을 것이다.

인상을 구기고 있는 그들에게 영웅이 웃으며 말했다.

"일단은 대화로 풀 용의가 있는데, 어쩔래?"

"무슨 대화 말이냐!"

"중원 침공을 멈추고 평화협정을 맺는다면, 내가 나서서 도와주지."

영웅의 말에 검마가 잠시 멈칫했다가 박장대소를 하였다.

"하하하하, 중원 침공은 우리가 오랫동안 염원했던 일이다! 그것은 곧 우리의 사명이거늘. 어디서 혓바닥을 놀리는 것이냐!"

"정말로 대화 안 할 거야? 막 중원에 나가서 사람들 죽이고 그러려고?"

문득 검마는 이상함을 느꼈다. 자신이 놈의 말에 꼬박꼬박 대꾸해 주고 있었다.

왠지 저자의 말에 대답해 주어야 할 것 같은 기분이랄까?

그러지 않으면 안 될 것 같은 기분이 자꾸 들었다.

사실 검마의 몸은 인생 최대의 위기를 느끼고, 그에게 아주 맹렬하게 신호를 보내고 있었다.

하지만 오랫동안 위기를 느껴 본 적이 없는 그는 몸이 주는 신호를 이해하지 못하고 의문만 가졌다.

그때, 영웅이 자신의 손에 들려 있던 물건을 둘러싼 헝겊을 풀었다.

헝겊 안에서 나온 것은 검이었다.

"뭐, 대화는 물 건너간 것 같지만, 혹시 이걸 보여 주면 마음을 바꿔 먹으려나? 하도 오래전이라 기억이 나려나 모르겠네. 이 검이 뭔지 기억해?"

그러면서 씨익 웃는 영웅이었다.

다들 저게 무슨 소린가 싶어 집중하는데 유독 검마의 동공이 세차게 흔들리고 있었다.

"처, 천뢰신검!"

검마는 저 검이 무엇인지 알았다. 뇌황의 천뢰신검에 교가 멸망할 뻔했기에 모를 수가 없었다.

"뭐라고? 천뢰신검? 설, 설마 뇌황의……!"

"네놈, 뇌황의 전인인 것이냐!"

"어쩐지 너무 당당하다 했더니…… 다 믿는 구석이 있었구먼."

단지 검을 꺼내 보여 준 것인데 엄청난 반응이었다.

혹시나 해서 가지고 왔는데, 저들의 반응을 보니 충분히 검을 가져온 보람이 있었다.

이런 것을 보면 영웅은 관종이 분명했다.

촤앙-!

영웅은 대답 대신 검을 검집에서 꺼냈다.

"마지막 기회야. 대화할래, 아니면 한판 붙을래?"

영웅의 말에 검마가 이를 갈았다.

당장이라도 검을 뽑아서 저자의 목을 쳐야 하는데, 이상하게 몸이 말을 듣지 않았다.

이런 경험은 처음이었기에 당황하며 입을 열었다.

"크윽! 주인을 정한다는 신검을 아무렇지 않게 뽑다니, 역시나 네놈은 뇌황의 전인이 맞구나. 그렇다면 우리도 그것에 맞게 대접해 드려야겠지."

"총소집령을 내려라!"

사방에서 요란하게 종소리가 울려 퍼지기 시작했다.

영웅은 시끄러운 소리에 귀를 후비더니 말했다.

"다 모일 때까지 기다려 줄까? 그런데 여기는 손님 대접이 이래? 기다리는 동안 차도 안 줘?"

어디 놀러 온 사람처럼 조금의 긴장도 느껴지지 않았다.

그런 영웅을 어이없는 표정으로 바라보는 마인들이었다.

"언제까지 저놈의 기고만장한 모습을 지켜봐야 하는가! 당장이라도 공격하세!"

"그래, 창마 말이 맞아! 그동안 절치부심해서 준비했잖아. 더 이상 과거의 악몽 따위를 두려워할 필요 없어!"

둘의 말에 검마가 고개를 저었다.

"그런 생각 때문에 과거에 우리 교가 큰 타격을 입었지. 명심하고 또 명심해라. 아무리 우위에 있다고 해도 절대로 방심하지 말고 할 수 있는 모든 것을 동원해 최선을 다해야 한다. 중원은 언제나 그런 곳이다. 이 정도면 되었다 생각하면, 항상 어딘가에서 그것을 능가하는 무언가가 튀어나오지."

검마는 그리 말하며 영웅을 바라보았다.

그러다가 고개를 갸웃거렸다.

아무리 봐도 내공이 형편없었기 때문이다.

"뭐지? 내공이 별 볼 일 없는데?"

"내가 봐도 그런데?"

심지어 숨기지도 않고 밖으로 풀풀 풍기고 있었다.

이해가 되지 않았다.

"저 검이 저자에게 힘을 주고 있는 것 같다."

"과연 신검이라 이것인가?"

그때 사방에서 또 다른 신마들이 모습을 드러냈다.
"뭔가?"
"쳐들어온 자들은 어디에 있어?"
"설마 저기 멀뚱거리며 서 있는 저놈 때문에 우리를 전부 부른 것은 아니겠지?"
그들의 질문에 검마가 고개를 끄덕였다.
"뭐, 맞다고? 장난해?"
"겨우 저런 놈 하나 때문에 우리 모두를 불렀다고? 겁쟁이 자식, 내가 당장 없애 주지!"
"기다려!"
파앙-!
검마의 제지를 뚫고 영웅을 향해 날아가는 한 사람.
각마라 불리는 남자였다.
"회축!"
각마의 몸이 빙글 돌면서 그의 다리가 영웅의 얼굴을 향했다.
그 모습에 영웅이 반색하며 말했다.
"오! 드디어 시작하는 거야?"
그러다 자신을 향해 각법을 시전하는 남자의 얼굴을 보고 고개를 갸우뚱거렸다. 어디서 많이 본 얼굴이었다.
쾅-!
그러는 사이 각마의 회축이 영웅의 안면에 정확하게 적중

되었다.

"크흑!"

그런데 신음은 각마의 입에서 흘러나왔다. 정확하게 가격했는데 고통은 그의 다리를 타고 올라오고 있었다.

더욱이 공격을 당한 영웅은 전혀 타격을 입은 표정이 아니었다. 오히려 무언가를 열심히 고심하고 있는 얼굴이었다.

"이익! 무시하는 것이냐!"

각마가 뒤로 한 걸음 물러서더니 자신의 다리를 땅속에 박아 넣었다.

쿠쿠쿠쿠쿠-!

지면이 울리면서 각마의 다리에 검은 기운이 모이기 시작했다.

"죽어라! 마왕천참각!"

쿠아아아아-!

다리를 휘두르며 한 바퀴 돌자 거대한 회오리가 영웅을 덮쳤다.

콰르르르르르-!

회오리바람에 이리저리 날아가는 영웅.

하지만 영웅의 표정은 평온했다. 아니, 여전히 무언가를 심각하게 생각하고 있었다.

"생각났다!"

영웅이 회오리바람 속에서 손뼉을 치며 기뻐했다.

그러다 자신이 회오리 속에 있는 것을 깨달았다.

"어라? 내가 왜 이 안에 있지?"

파앙—!

대충 손을 휘젓자 영웅을 덮쳤던 거대한 회오리바람이 순식간에 사라졌다.

"무, 무슨?"

각마가 입을 찢어져라 벌린 채 놀라는 것은 신경 쓰지도 않고 영웅은 그를 향해 성큼성큼 걸어갔다. 그러곤 품 안에서 무언가를 꺼내 비교하기 시작했다.

"역시 맞네! 세상에, 여기에 있을 줄이야."

"무, 무슨 말이냐!"

"한참 찾았잖아요, 태권각왕 맞죠?"

영웅의 말에 각마의 표정이 움찔거렸다.

"표정 보니 맞네, 태권각왕."

"나, 나를 어찌 아는 것이냐! 나는 무림에서 활동한 적이 거의 없는데."

"태권각왕 북리강, 아니…… 각성자 임시혁 씨라고 불러드려야 하나요?"

"뭐?"

영웅의 말에 각마가 휘청거리더니 뒷걸음질 치기 시작했다.

"아니야, 이건 꿈일 거야."

믿을 수 없다는 표정으로 영웅을 바라보며 중얼거렸다.
"연준혁 씨가 보냈습니다. 당신을 찾아오라고요."
연준혁이라는 이름까지 나오자 그가 떠듬떠듬 입을 열었다.
"주, 준혁이 형님이? 그, 그러면 정말로?"
"그렇습니다. 대한민국 각성자 협회에서 당신을 데려가기 위해 왔습니다."
털썩-.
대한민국이라는 말이 나오자 각마, 아니 임시혁은 다리가 풀렸는지 그 자리에 주저앉았다.
"혹시 다른 한 분의 행방을 아시나요?"
영웅의 물음에 임시혁이 성벽을 가리켰다.
그 방향을 향해 고개를 돌리니, 그곳에는 이게 무슨 상황인지 갈피를 못 잡고 웅성거리는 사람들 사이에서 경악하는 인물이 있었다.
사진으로 보았던 또 다른 행방불명자, 중원에서 환영마왕이라 불리는 차태성이었다.
영웅이 손을 흔들며 말했다.
"차태성 씨! 잠깐 좀 내려와 주실래요?"
이번엔 한국말로 말했다.
그러자 임시혁과 성벽 위에서 놀란 표정을 짓고 있던 차태성이 더욱더 놀란 표정으로 영웅을 바라보았다.

차태성은 재빨리 정신을 차리고 서둘러 영웅에게 달려왔다. 그리고 믿기지 않는다는 표정으로 계속해서 확인했다.

"저, 정말입니까? 저, 정말로 협회에서 보내신 분이 맞습니까?"

"그렇습니다. 당신들을 꼭 좀 데려와 달라고 부탁하시더군요."

"가, 감사합니다! 저, 정말로 감사합니다!"

"흑흑! 우리를 잊지 않고 있었어!"

"거봐! 준혁이 형이 우리를 버릴 리 없다고 했잖아!"

둘은 감격해 서로를 부둥켜안고 울었다.

마교에 신비한 무언가가 있다는 소문에 마지막 희망을 안고 들어갔지만, 그것도 허황된 소문이었다.

더 이상 희망이 없었기에 자포자기한 심정으로 막살기로 마음먹은 참이었다.

그런 순간 그들에게 희망이 나타났다.

한편, 그런 그들을 보며 어리둥절한 표정을 짓는 이들이 있었다.

바로 성 위의 마교인들.

한 방에 정리할 것처럼 기세등등하게 나서더니 이제는 서로 부둥켜안고 울고 있었다.

"저게 지금 무슨 상황이냐?"

"그러게? 보니까 서로 아는 사이 같은데?"

"그럼 우리 쪽 인간인가?"

자신들과 같은 급의 마인들과 친한 인간이니 적은 아닐 거라는 생각이 싹텄다.

영웅 역시 그런 시선을 느꼈는지, 일단은 이곳을 먼저 정리하고 이야기를 진행해야겠다고 생각했다.

"왜 저들과 함께 있고, 또 협조하고 있었는지는 나중에 이야기하죠. 여기부터 정리해야 해서."

"네? 그, 그게 무슨 말씀이십니까?"

"이곳은 마교입니다. 강하신 것은 알지만 혼자 힘으로는 무리입니다. 저희가 도울 테니 어서 이곳을 빠져나가시죠."

둘은 이곳에서 생활해서 잘 알고 있었다. 지금 보이는 것이 전부가 아니라는 것을.

"저들이 마교의 주력 아닙니까?"

영웅의 물음에 둘은 고개를 저었다.

"절대 아닙니다! 신교팔왕(神教八王)이 있는데 그들이 진짜 신교의 주력입니다."

저들이 전부인 줄 알았더니 그 위가 또 있었다.

마치 롤플레잉 게임을 하는 기분이었다. 스테이지를 깨니 더 강한 보스가 나오는 뭐 그런 게임.

그런 생각이 들자 자신도 모르게 피식 웃음이 나오는 영웅이었다.

어찌 되었든 이곳은 마교고, 적자생존이 이들의 율법이라고 했으니 답은 정해져 있었다.

이들보다 강한 힘을 보여 주면 되는 일이었다.

입술을 핥으며 어떤 식으로 힘을 보여 줄까 고민하다가 문득 무언가가 떠올랐다.

영웅은 임시혁과 차태성을 바라보며 물었다.

"마교에서 사람을 죽이거나 한 적 없죠?"

영웅의 말에 둘은 고개를 격하게 끄덕였다.

아직 출정하기 전이기도 했고, 밖에 나가서 활동한 적이 없었기에 그럴 일은 조금도 없었다.

"휴우, 다행이네요. 두 분도 같이 교육해야 하나 고민했는데."

영웅이 안도의 한숨을 쉬며 말하는 내용에 둘은 알 수 없는 소름이 돋았다.

그리고 그 소름의 이유를 곧 알게 되었다.

콰앙—!

말이 끝나기가 무섭게 내지른 주먹에 거대한 성문이 산산조각 나며 파괴되었다.

쿠르르르—!

공격의 여파로 주변이 무너지면서 나는 굉음을 배경으로 천천히 아주 당당하게 걸어 들어가는 영웅.

그 모습에 다들 허둥대며 어찌할 바를 몰랐다.

"뭣들 하는 거야! 적이다! 인정사정 봐주지 말고 공격해!"

검마가 제일 먼저 정신을 차리고 사람들에게 외쳤다.

그제야 다른 이들도 정신을 차리고 정문을 당당하게 통과하는 영웅을 향해 달려들었다.

"막아! 아니, 죽여라!"

"우와와와!"

자신을 향해 불나방처럼 달려드는 마인들을 보며 영웅은 주먹을 말아 쥐었다.

후우웅-!

가볍게 내지른 주먹의 권풍에 달려오던 마인들이 강풍에 쓸려 나가는 낙엽처럼 사방으로 튕겨 나갔다.

쿠당탕탕-!

"크흑!"

날아간 마인들을 뛰어넘으며 또 다른 마인들이 영웅을 향해 돌진했다.

그 마인들 뒤로는 새까맣게 날아오는 화살이 하늘을 덮고 있었다.

슈아- 콰라라라라라-!

수천 개의 화살이 비처럼 영웅을 향해 쏟아졌다.

쯔으응.

영웅을 향해 떨어지던 화살들이 괴상한 소리와 함께 일제히 공중에서 멈췄다.

"뭐, 뭐야!"

"저게 무슨?"

한두 개의 화살을 멈추게 할 수는 있어도, 저렇게 수천 개의 화살을 동시에 멈추게 하는 것은 듣도 보도 못한 광경이었다.

하지만 그곳에 있는 모든 이를 경악하게 만든 장본인은 전혀 힘들어하는 표정 없이 공중에서 멈춘 화살들의 방향을 바꾸더니 화살이 날아온 곳으로 돌려주었다.

그것도 자신을 향해 날아오던 것보다 배는 강하고 빠른 속도로 말이다.

쿠아아아아—!

아까와는 달리 공기가 찢어지는 소리를 내며 활을 쏜 무리에게 떨어져 내렸다.

후아앙—!

그 순간 무언가가 번쩍하더니 화살들을 모조리 베어 버렸다.

그 광경을 지켜보던 영웅이 감탄사를 내뱉었다.

"우와! 멋있는데?"

영웅의 감탄을 들은 장본인은 바로 검마였다.

검마는 자신의 검을 움켜쥐고선 영웅을 노려보았다.

"역시 최강의 단일 세력이라더니 재미난 놈들이 많구나?"

자신들을 재밋거리로 생각하는 영웅의 모습은 검마를 비롯한 그곳에 있는 모든 마인의 마성을 제대로 건드렸다.

"죽인다."

"죽인다!"

"죽이자! 저자를 죽이자!"

눈이 새빨갛게 충혈된 채 소리 지르는 마인들.

이것이 바로 중원무림을 공포에 몰아넣었던 마인들의 진정한 모습이었다.

이 상태가 되면 공포가 사라진다. 오로지 머릿속에 새겨진 목표를 위해 움직인다.

자신을 아끼지 않고 내던지기에, 더욱더 상대하기 까다로웠다.

마성에 빠진 마인들이 일제히 영웅을 향해 덤벼들었다.

그 모습에 당황할 법도 한데 영웅은 전혀 그런 것이 없었다. 오히려 그들을 바라보며 웃었다.

"예전에 마약을 처하고서 이렇게 달려드는 놈들이 있었지. 다른 점이 있다면 녀석들에게는 총이 있었고."

스으- 팡-!

공기가 터져 나가는 소리가 들렸고, 이어서 달려오던 마인들의 몸 여기저기에 주먹 자국이 새겨지기 시작했다.

퍼퍼퍼퍼퍼퍼퍼퍼퍽-!

퍼퍼퍼퍼퍼퍼퍽-!

영웅은 가만히 서 있는데 달려오는 마인 무리의 몸에 깊게 새겨지는 무수한 주먹 자국들.

"커헉!"

"크허헉!"

영웅이 눈에 보이지도 않는 속도로 수천 번의 주먹을 내지른 것이다.

쿠당탕탕탕—!

수백 명의 마인이 일제히 날아가 땅을 굴렀다.

그들은 완전히 인정했다.

영웅이 정말 강자라는 것을 말이다.

그 모습을 지켜본 각마와 환마, 즉 임시혁과 차태성은 경악하고 있었다. 영웅이 자신들은 감히 범접할 수 없는 무력을 눈앞에서 아주 생생하게 보여 주었기 때문이다.

"저래서 준혁이 형이 보내셨구나."

"그, 그렇겠지? 대충 봐도 SSS급은 넘어 보이는데?"

"한국에 저런 강자가 있었다고? 왜 우리가 몰랐지?"

"준혁이 형이 숨겨 둔 히든카드였나 봐."

"아무튼 진짜 강하시다. 저런 강함은 한 번도 본 적이 없어."

두 사람은 영웅의 모습에 연신 감탄하며 대화를 나누었다.

그런 그들을 향해 쇄도하는 두 명의 남자.

도마와 권마였다.

"이 배신자 새끼들! 네놈들부터 죽이겠다!"

"죽이지 마라! 살려서 최대한 고통을 주어야 하니!"

한 놈은 죽이겠다며 달려오고, 다른 한 놈은 살려서 고문하겠다 외치고 있었다.

하지만 저 둘은 강했다.

마교에서도 상위권에 속하는 강자들이었다.

임시혁과 차태성은 침을 꿀꺽 삼키며 자신들의 내공을 끌어올렸다.

저들을 상대하려면 최선을 다해야 했기 때문이다.

퍼퍽―!

"커헉!"

"케엑!"

콰당탕탕―!

무서운 기세로 돌진하던 둘은 갑작스러운 공격을 받고 구석으로 처박혔다.

임시혁과 차태성이 이게 무슨 상황인지 어리둥절해할 때 목소리가 들려왔다.

"좀 멀리 떨어져 있어 줄래요? 살짝 방해돼서."

영웅이었다.

그 말에 둘은 즉시 거리를 벌리며 대답했다.

"넵, 알겠습니다!"

그들의 대답을 듣는 둥 마는 둥 한 영웅은 처박힌 도마와 권마를 꺼내 자신이 있는 곳으로 끌고 왔다.

영웅이 도마와 권마를 마치 짐짝 옮기듯 옮겨 내동댕이치자, 그 모습을 목격한 나머지 신마들이 일제히 분노를 토해 내며 영웅을 향해 자신들의 최고 절기를 쏟아 냈다.

"으아아악! 죽어! 죽어!"

사방에서 엄청난 힘을 담은 강기들이 영웅을 향해 쇄도했다.

쩌저저저정-!

하지만 그들의 공격은 무언가에 가로막혀 무산되었다.

"호, 호신강기?"

검마가 놀란 얼굴로 바라본 그곳엔 영웅을 중심으로 거대한 막 같은 것이 형성되어 있었다.

"맙소사, 저런 크기의 호신강기라니! 정말 인간이란 말인가?"

믿을 수 없다는 표정으로 연신 영웅의 주변에 펼쳐진 막을 바라보는 그들이었다.

"이익! 공격해! 아무리 괴물이라도 내공이 무한정으로 있지는 않을 것이다!"

"죽어라, 이 괴물!"

투콰콰콰콰-!

콰콰콰쾅-!

쩌저저저정-!

공격이 무산되든 말든 신경 쓰지 않고 끊임없이 공격하는 그들이었다.

하지만 통하지 않았다.

신마들은 자신들의 최선을 다한 공격이 상대방에게 조금도 통하지 않자 분하고 원통한지 이를 갈았다.

"크윽! 어찌 돼먹은 놈이길래 저런 미친 크기의 호신강기를 계속 유지한단 말이냐! 분명 느껴지는 내공은 형편없는데!"

좌절하는 목소리로 처절하게 외치는 검마였다.

그런 검마에게 구원의 목소리들이 들려왔다.

"고생하는구먼."

"클클클, 중원에서 아주 재미난 놈이 왔다며?"

"저기 저놈인가 보군. 애들 표정 보니 저놈이 맞아."

고전하는 마인들 사이로 유유자적하게 모습을 드러내는 여덟 명의 노인.

그들의 등장으로 요란했던 신마들의 공격이 잠시 멈췄다.

그리고 그곳에 있던 모든 마인들이 일제히 포권을 하며 외쳤다.

"천마신교의 신교팔왕을 뵈옵니다!"

모든 마인의 인사를 받으며 천천히 영웅이 있는 곳으로 향하는 노인들은 바로 신교팔왕이었다.

그중에서 마치 신선 같은 모습을 한 노인이 인자한 목소리로 영웅에게 말을 걸었다.

"홀홀홀, 대단한 놈이로고. 저런 호신강기는 처음이군. 어느 놈의 전인이더냐?"

노인의 말에 영웅이 피식 웃으며 대답했다.

"네가 알아서 뭐 하게?"

질문을 한 노인은 영웅의 대답에 살짝 인상을 찡그렸다.

"입이 아주 짧구나?"

"응. 잘 아네."

"잔재주가 조금 있다고 아주 기고만장하구나."

"응, 내가 좀 기고만장하지."

"그 잔재주가 너를 언제까지 지켜 줄 것으로 생각하느냐?"

"평생?"

한마디도 안 지고 꼬박꼬박 말대답하는 영웅의 모습에 노인의 얼굴이 점점 붉게 달아올랐다.

"이곳이 어딘지 알고 나대는 것이냐!"

"마교라며, 아니야? 근데 마교는 적자생존을 숭배하고 힘이 진리라고 믿는다던데, 어째 나오는 놈들마다 말이 많냐? 그냥 좀 덤비면 안 되냐? 나 너네랑 말싸움하러 온 거 아니거든?"

"어디서 이상한 사술을 배워 와서 저 아이들을 현혹시켰는지 모르겠다만, 내게는 통하지 않을 것이다!"

"자기네들이 모르면 사술이래. 그래, 너희가 잘 아는 기술로 상대해 줄게."

"닥쳐라! 유령백수(幽靈白手)!"

노인의 손이 눈 깜짝할 순간에 영웅의 앞으로 날아왔다.

퍼억-!

"크윽!"

영웅을 공격한 노인이 고통스러운 표정으로 뒷걸음질 쳤다. 영웅의 머리가 날아갈 것이라고 생각했는데 오히려 자신의 손에 엄청난 충격이 느껴졌다.

"그, 금강불괴더냐?"

"아까는 사술이라며. 이것도 사술인가?"

화르륵-!

영웅의 손에서 용의 형상을 한 불길이 올라오고 있었다.

"헉! 서, 설마! 여, 염화마제(炎火魔帝)의 염화신공(炎火神功)?"

"우와! 단번에 아네?"

"염화마제의 전인이던가? 그렇다면 우리와 남이 아니다!"

노인이 경악한 얼굴을 하며 영웅에게 말했다.

"아닌데? 남인데?"

쿠와와와와-!

이윽고 영웅의 몸 전체를 뒤덮은 거대한 화룡이 모습을 드러냈다.

"지, 진짜다! 진짜로 염화신공이다! 그것도 그, 극성의 염화신공!"

"극성의 염화신공을 익힌 자가 나타나다니!"

신교팔왕 전부가 영웅을 바라보며 경악하고 있었다.

그도 그럴 것이 염화마제는 과거 마교의 호법 중 한 명으로, 염화신공은 마교의 교주가 익히는 천마신공 다음으로 강한 무공이었다.

그 강력함으로 부교주 자리도 노려 볼 수 있었던 무인.

그가 바로 염화마제였다.

비록 마교에 불만을 품고 중원으로 뛰쳐나간 뒤 행방이 묘연해졌지만, 훗날 염화신공을 익힌 자가 온다면 절대 박하게 대하지 말고 마교의 후예로 따뜻하게 맞이해 주라는 전대 천마의 유언이 이어지고 있었다.

하지만 오랫동안 등장하지 않았기에 유언과 더불어 무공까지 잊히고 있던 상황.

그런데 그 무공이 지금 이 자리에서 나타난 것이다.

"지, 진정하고 우리 이야기를 들어라! 네가 염화마제의 전인이라면 진짜로 우리와 남이 아니다! 이야기를 들어 보면 너도 이해할 것이다!"

사실 전대 천마의 유언이 아니더라도 염화신공은 마교에서 반드시 되찾아야 할 무공이었고, 그 무공을 익힌 자는 무조건 포섭해야 할 인물이었다.

거기에 영웅은 신마들을 비롯한 마교의 정예들을 고전시키고, 팔왕의 공격 또한 가볍게 막아 낸 강자.

염화신공을 떠나 마교의 천년대계를 위해 반드시 손에 넣어야 할 인재였다.

그런 그들의 모습에 영웅이 미소를 지으며 자신의 등에 메어 둔 검을 꺼내 들었다.

촹-! 빠지지지직-!

“서, 설마! 뇌, 뇌황의 천뢰신검?”

“미친! 여기서 뇌황이 왜 나와?”

“아니, 주인을 가린다는 천뢰신검을 아무렇지도 않게 사용한다고? 그, 그러면 저자는 뇌황의 전인인가?”

“아니지. 아까 염화신공을 봤잖아!”

“하지만 뇌황의 무공도 쓰잖아!”

“이게 정녕…… 가능하단 말인가!”

말도 안 되는 광경에 넋이 나간 팔왕.

과거 마교의 한 축이었던 염화신공과 자신들을 멸문의 위기까지 몰아넣었던 철천지원수의 무공인 뇌신멸천신공(雷神滅天神功)을 동시에 사용하고 있었다.

“하나 더 있는데, 그것도 보여 줄까?”

“뭐?”

영웅의 말에 그곳에 있는 모든 이가 침을 꿀꺽 삼켰다.

저기서 뭘 더 보여 준단 말인가.

그 순간 시퍼런 기운이 맹렬하게 회전하면서 영웅의 몸 주위를 돌기 시작했다.

그곳에 있는 모든 이는 느꼈다.

지금까지 보았던 그 어떤 무공보다 강하고 패도적인 무공이라는 것을 말이다.

"무, 무슨?"

"뇌, 뇌황의 무공과 여, 염화마제의 무공보다 더 패도적인 기운이라니……."

"저건 무, 묵룡의 기운이다. 묵룡파천신공(墨龍破天神功)이야!"

"한 사람이 동시에 세 가지 기운을 운용한다고? 그걸 지금 믿으라고?"

"지금 우리 눈앞에 있지 않은가, 그런 괴물이."

"크윽, 왜 항상 저런 괴물이 나타나 우리의 중원 진출을 방해하는가!"

팔왕은 섣부르게 공격하지 못하고 그저 영웅이 펼치는 엄청난 광경만 바라보고 있었다.

언제나 중원을 공포에 몰아넣었던 최강의 세력, 마교답지 않은 모습이었다.

그들은 영웅이라는 거대한 포식자를 만나 위축될 대로 위축된 상태였다.

언제나 남을 위협해 보기만 했지 자신들이 이렇게 위협을 당하기는 처음이었기에 너무나도 낯설었다.

거기에 그 위협을 가하는 자는 한 명이었다.

수많은 마인이 극도로 긴장한 채 단 한 명을 경계하고 있었다.
그때였다.
"무슨 일이냐?"
하늘에서 중저음의 나직한 목소리가 들려왔다.
다들 하늘을 바라보니 온통 검은색으로 된 도복을 입은 남자가 천천히 걸어 내려오고 있었다.
남자의 등장에 그곳에 있던 모든 이가 엎드리며 큰 소리로 외쳤다.
"만마앙복! 신교천하! 교주님을 뵈옵니다! 천세! 천세! 천천세!"
바로 천마신교의 교주 천마의 등장이었다.
천마는 엎드려 소리치는 교인들을 가뿐히 무시하고 영웅의 앞으로 착지했다.
그리고 천천히 영웅을 살펴보기 시작했다.
"그대가 이 소란의 주인공인가?"
나직하지만 듣는 사람의 모골을 송연하게 만드는 저음이 그곳에 울려 퍼졌다.
다들 그 목소리에 몸을 부르르 떨며 더욱더 고개를 숙였다.
하지만 영웅은 아니었다.
"그런 거 같은데?"
영웅이 대수롭지 않게 대답하자 잠시 멍한 표정을 짓던 천마가 아주 크게 웃었다.

"크하하하하!"

쿠르르르릉-!

그의 웃음에 온 사방이 진동하기 시작했다.

그곳에 있던 천마신교의 마인들이 귀를 막으며 고통스러워했다. 내력이 약한 마인들은 그 자리에서 피를 토하며 쓰러졌다.

그런 모습에도 영웅은 귀를 후비며 말했다.

"거참, 취미도 이상하네. 일부러 그런 거지? 나 이렇게 잘났다, 그러니 알아서 굽혀 들어와라, 뭐 이런 거야? 동물의 왕국도 아니고, 목소리 큰 놈이 장땡이야?"

태어나서 처음 들어 보는 신랄한 비판이었다.

신선했다.

이런 놈이 있다니.

신기한 눈으로 쳐다보는 천마에게 영웅이 말했다.

"보아하니 여기 대장 같은데 정해, 어쩔 건지."

"무엇을 말이냐?"

"협상할 것인지, 아니면 나와 한판 붙을 것인지."

"협상이라…… 너와 협상을 하면 우리에게 무슨 이득이 있지?"

"아무 일 없이 무사히 폭풍을 피할 수 있는 아주 큰 이득이 있지."

"뭐라? 그 폭풍은 자네를 말하는 것인가?"

"그렇지."

"하하하하하, 좋다!"

천마는 의외로 순순히 좋다고 대답했다.

그 소리에 오히려 영웅이 김빠진 표정을 지었고, 주변에 있는 모든 마인은 화들짝 놀라 고개를 들었다.

"하하하하, 표정이 정말 가관이구나. 세상에서 나를 상대로 그런 눈빛을 하는 자는 단연코 너밖에 없을 것이다."

"에이 씨, 싫다고 좀 하지. 질문을 잘못했네. 아니, 그냥 다짜고짜 치고 볼걸."

"뭐? 크하하하하하! 나랑 한판 붙지 못한 것이 그리 아쉽더냐? 좋다! 너라면 내가 가진 모든 걸 쏟아부을 가치가 있을 것 같다. 내가 지면 네가 하자는 대로 전부 하겠다! 어떠냐, 여기서 붙겠느냐?"

천마의 말에 영웅이 주변을 둘러보았다.

천마라는 자의 성격상 주변에 있는 자들을 봐 가면서 무공을 쓸 것 같진 않았다.

"아니, 사람들 없는 데서 일대일로 승부를 보자고. 승자가 하자는 대로 하는 거, 어때?"

"좋다! 내가 이긴다면 내 뒤를 이어라!"

"뭐?"

"너라면 우리 천마신교를 찬란하게 꽃피워 줄 것 같구나."

천마는 어이없는 표정으로 자신을 바라보는 영웅을 보며 싱긋 웃었다.

"네가 이긴다면 네가 하자는 대로 뭐든 할 것이다. 약속하지, 나 천마의 이름을 걸고."

천재지변.

영웅과 천마의 전투는 그야말로 천재지변 그 자체였다.

보이지 않는 곳에서 싸우는데도 그 파장이 신도들이 있는 곳까지 날아오고 있었다.

"맙소사! 이게 진정 인간의 대결이란 말인가?"

쿠그그그그긍-!

끊임없이 울리는 땅과 쉴 새 없이 불어오는 폭풍 같은 바람.

거기엔 엄청난 마기가 뒤섞여 있었다.

쿠콰콰콰쾅-!

"하앗! 천마멸천(天魔滅天)!"

콰르르르르릉-! 쩌저저적-!

천마는 영웅에게 끊임없이 공격을 가했다.

공격에는 자신이 가진 내력을 총동원해서 정말로 영웅을 죽이겠다는 일념이 담겨 있었다.

"헉헉헉! 괴물이군, 크크크크."

천마가 지친 얼굴로 영웅을 바라보며 웃었다.

그랬다.

지금까지 영웅은 손 하나 까닥하지 않고 있었고, 천마만이 공격에 공격을 계속하고 있었다.

그래서 지독한 마기만 느껴진 것이다.

"헉헉! 천마신공을 구 초식까지 사용했는데 전혀 타격을 주지 못하다니……."

"더 할 건가? 천마 당신이 좀 맘에 들려고 하는데."

"하하하하! 그건 듣던 중 반가운 소리군. 하나, 아직 나에겐 삼 초식이 남아 있네. 천마신공은 후반 삼 초식이 진짜지."

웃으며 말하는 천마에게 영웅이 무언가를 던졌다.

"이게 뭔가?"

"지친 거 같아서. 그거 먹고 기운 차리라고."

영웅의 말에 천마가 피식 웃으며 손에 들린 목갑을 열었다.

기껏해야 기공단 정도나 생각했는데.

"컥! 이, 이건?"

"왜?"

"대, 대환단?"

천마가 경악한 얼굴로 자신을 바라보자 영웅이 고개를 끄덕였다.

“잘 아네. 그거 먹으면 내공이 원상 복구 된다더라고.”

“허허허…….”

정말 대단한 남자였다.

천마는 감탄했다.

사실 천마는 영웅을 보자마자 알았다.

자신이 무엇을 해도 영웅을 이길 수 없다는 것을.

다만 이렇게 하는 이유는, 자신을 믿고 따르는 신도들 때문이었다.

그들에게 자신은 하늘이었다.

그런데 그 하늘이 허망하게 무너진다면 어찌 되겠는가.

이성을 잃고 사방팔방으로 미쳐 날뛸 수도 있었다.

그래서 천마는 한 가지 생각을 했다.

최선을 다한 모습을 보여 주고 패하자고.

강자지존.

이것이 마교의 율법이다.

자신이 최선을 다하고도 패한다면 신도들 역시 영웅을 인정할 것이다.

아니, 마교의 율법대로 그를 모실 것이다.

하지만 이렇게까지 일방적일 것이라고는 생각하지 않았다.

자신의 공격에 어느 정도는 당황하리라 생각했는데, 철저한 오판이었다.

무덤덤했다.

어린아이의 재롱을 보는 듯한 눈빛으로 자신이 쓰는 무공을 바라볼 뿐이었다.

신기한 것을 보는 표정.

그것이 전부였다.

더욱이 남은 기술도 최대한 화려하게 쏟아 내라고 이렇게 엄청난 영약까지 서슴지 않고 던져 주었다.

천마는 자신도 모르게 웃음이 나왔다.

'진정한 신이 세상에 강림했군.'

천마는 그리 생각하며 자신의 손에 있는 대환단을 주저 없이 꿀꺽 삼키고 곧바로 운기를 시작했다.

영웅의 앞에서 당당하게 운기하는 천마.

후우우웅-!

엄청난 기운이 천마의 몸속에서 소용돌이쳤다.

그 기운은 저 멀리서 조마조마한 모습으로 지켜보는 신도들에게까지 전해졌다.

"교주께서 전투 중에 각성하신 건가?"

"허허, 우리 신교의 홍복일세. 이제 저자는 우리 교주님께서 처치하실 것일세."

다들 희망적인 생각을 안고 제발 교주가 이기기를 간절히 바랐다.

하지만 그것은 그들의 희망이었다.

영웅을 바라보는 천마의 입에서 존대가 튀어나왔다.

"자, 이제 내 진심을 담은 공격을 시작하겠소."

천마의 말에 영웅이 고개를 끄덕였다.

그러고는 생각했다.

'이상하네? 아무리 봐도 나쁜 사람 같진 않은데?'

천마는 자신이 여기까지 오면서 들었던 이야기와는 전혀 다른 인물이었다.

아무튼, 천마가 마음에 든 영웅은 자신도 존대해 주기로 마음먹었다.

"후회가 없도록 있는 모든 것을 쏟아 내 보시오."

천마의 표정이 변했다.

아마도 영웅의 존대가 놀라웠던 모양이다.

기분 좋은 미소가 귀까지 걸린 천마가 호탕한 목소리로 말했다.

"나의 모든 것을 보여 드리겠소, 하하하하!"

천마가 하늘 높이 뛰어오르더니 영웅이 있는 곳을 향해 검을 휘둘렀다.

"천마천살참(天魔天殺斬)!"

천마의 움직임과 함께 하늘을 덮고 있던 먹구름이 갈라졌다.

쿠르르르르르르-!

그리고 영웅이 있던 땅 역시 깊게 파이면서 두 갈래로 갈라졌다.

쩌엉-!

영웅이 있던 자리만 남겨 두고 말이다.

"허허허허, 역시 인간이 아니군. 최후 초식을 쓴다고 해도 상처 하나 입힐 수 없겠어."

영웅의 엄청난 모습에 천마가 공중에서 혼자 중얼거렸다.

그래도 마지막으로 자신의 모든 정수가 담긴 최후 초식은 보여 주고 싶었다.

"천마무심권(天魔無心拳)."

천마는 움직이지 않았다.

"응? 이제 끝인가?"

움직임이 없는 천마를 보며 이제 다 보여 줬다고 생각한 영웅이 몸을 움직이려는 찰나 몸 여기저기에서 충격이 밀려왔다.

퍼퍼퍼퍼퍼퍼퍽-!

"으악!"

아프다기보단 놀란 영웅이었다.

"깜짝이야! 뭐야, 신기한 기술이네?"

영웅이 놀란 얼굴로 자신의 몸 이곳저곳을 살펴보았다.

그사이 땅으로 내려온 천마가 허탈한 웃음을 지으며 영웅에게 말했다.

"허허허, 최후 초식도 아무런 소용이 없군요. 그대에게 날린 그 한 방, 한 방은 웬만한 중소 문파를 먼지로 만들 위력이거늘."

"아, 그 정도 위력입니까? 어쩐지 살짝 느낌이 와서 놀랐거든요."

살짝 충격이 와서 놀랐다는 표현에 천마가 어이 없다는 표정으로 영웅을 바라보았다.

잠시 그렇게 말이 없다가 고개를 저으며 영웅에게 말했다.

"더 할 필요 없겠습니다. 만약 공격을 시작하셨다면, 저는 저 차가운 바닥에 누워 있을 테니……."

누구보다 자신과 영웅의 격차를 정확하게 파악한 천마였다.

"그래도 궁금하잖아요. 조금은 보여 드려야죠. 뭐, 일단 여기에 와서 느낀 건데, 웬만한 무공은 한 번 보고 펼칠 수 있더라고요."

"네?"

천마가 놀란 눈으로 영웅을 바라보았다. 그게 무슨 소리냐는 생각이 표정에 다 드러나 있었다.

영웅은 말없이 손을 들어 무언가를 펼쳤다.

"헉! 천마강기(天魔罡氣)! 마, 말도 안 돼!"

영웅의 손에서 넘실거리는 기운은 자신의 기운인 천마기였다.

심지어 마기까지 완벽하게 재현하고 있었다.

아니, 재현이라고 할 수 없었다. 영웅이 펼친 마기는 자신의 것보다 훨씬 순수하고 짙었다.

"마, 마기까지 다, 다룰 수 있단 말인가?"

오늘 여러 번 놀랐지만, 지금이 그중에서도 가장 놀라웠다.

무엇이든 한 번 보고 그대로 익힌다고 말했을 때도 믿지 않았는데, 그것이 기운까지 따라 습득한다는 뜻일 줄은 몰랐다.

모든 무공은 그 틀이 얼추 비슷하다.

오죽하면 만류귀종이라는 말이 있겠는가.

진짜 천재들은 어지간한 무공은 한 번 보고도 얼추 따라 할 수 있다.

하지만 그건 형을 따라 한다는 것이지 그 안에 흐르는 내력까지 따라 한다는 뜻은 아니다.

그런데 영웅은 그것을 넘어 기운까지 그대로 복사해 냈다.

이건 정말로 말이 되지 않았다.

그래서 눈으로 보고 있음에도 놀라는 것이다.

"마, 마기를 원래부터 알고 계셨습니까?"

"아니요. 지금 교주님 몸 안에 있는 기운을 따라 만들어 본 것입니다."

영웅의 손에서 넘실거리는 마기는 심지어 자신의 마기보다 순수했다.

순수한 '마' 그 자체였다.

천마의 눈에는 보였다.

그의 몸 전체에서 풍겨 나오는 순수한 마의 기운이 말이다.

천마가 천천히 무릎을 꿇었다.

그리고 외쳤다.

"진정한 마신의 강림을 미천한 종이 이제야 알아보았습니다! 부디 용서해 주시기 바랍니다!"

갑작스러운 부복에 영웅이 당황했다.

이게 아니었다.

원래 계획은 이곳에 와서 신나게 다 때려 부수고 덤비는 놈들을 전부 박살 내는 것이었다.

오래간만에 맛볼 손맛에 기대까지 하고 왔는데 상황이 그렇게 흘러가지 않았다.

싸우지 않고 말이 많았을 때부터 알아봤어야 했다.

'젠장, 뭐야? 소문하고 다르잖아? 아까 입구에서 안 덤비고 말로 떠들어 댈 때부터 알아봤어야 했어.'

영웅은 속으로 투덜거렸다.

하지만 어쩌겠는가.

자신에게 엎드려 머리를 조아린 남자를 어찌 공격한단 말인가.

한숨을 쉬며 일어나라고 말했다.

그러자 천마는 황송하다는 표정으로 아주 조심스럽게 일어나 두 손을 공손히 모으고 영웅의 앞에 섰다.

그 모습이 등천무제와 겹쳐 보이자 영웅이 한숨을 쉬었다.

'설마 이자도 주군으로 모시겠다며 따라나서진 않겠지?'

그랬다간 무림에 대혼란이 올 것이다.

안 그래도 마교를 무슨 흉악한 악마의 집단으로 알고 있는데 그곳의 수장이 자신과 함께 나타났다?

영웅이 고개를 마구 흔들었다.

일이 복잡해지기 전에 무림의 대표들을 불러 앞으로의 계획을 짜야겠다고 생각하는 영웅이었다.

그 전에 궁금증을 풀고 가야겠다는 생각에 천마에게 물었다.

"소문에는 흉악한 무리라고 하던 실제로 와 보니 소문하고는 뭔가 많이 다른데요?"

영웅의 말에 천마가 왠지 슬퍼 보이는 미소를 지으며 주변을 바라보았다.

"주변을 봐 주시겠습니까?"

천마의 말에 영웅은 주변을 둘러보았다.

"산에 온통 독기와 습기, 그리고 온갖 해충에 독물까지. 사람이 살 수 있는 환경이 아니지요. 이곳에선 농사조차 지을 수 없습니다."

천마의 말에 영웅도 이해한다는 표정으로 고개를 끄덕였다.

천마는 자신들이 겪었던 고통을 영웅에게 하소연하기 시작했다.

"저를 보십시오. 누가 봐도 중원인이 아니라는 것을 알 수 있습니다."

천마는 흔히 알고 있는 동양적인 얼굴형이 아니었다.

서구적인 얼굴에 서구적인 덩치를 가지고 있었다.

심지어 머리색도 완전 검은색이 아니었고, 눈은 약간 파란 빛을 띠었다.

한마디로 중원인과는 다른 인종이었다.

"사실 신교의 뿌리는 십만대산 너머 작은 부족입니다. 그런데 거대한 지진이 모든 것을 빼앗아 갔습니다. 저희는 살아야 했고, 방법을 찾아야 했습니다. 그래서 부족민 중 가장 강한 자를 신으로 하는 교를 만들었습니다. 위기의 상황에서 힘을 뭉치기에는 종교만 한 게 없으니까요."

천마는 잠시 숨을 고르고 계속 말을 이어 갔다.

"초대 천마께서는 호전적인 인물이셨습니다. 그분은 정복을 하는 것이 미덕이라고 생각하셨죠. 변명은 아니지만, 그 당시 시대가 그런 시대였습니다. 필요한 것이 있다면 정복하고 빼앗는 그런 시대. 저희는 이런 척박한 땅에서 살아남기 위해서 강해져야 했고, 그 강함으로 중원을 침공했지요."

마교와 중원의 비사가 교주의 입에서 흘러나오기 시작했다.

"하지만 달마라는 엄청난 인물의 등장으로 결국 중원에서 도망쳐야 했습니다. 그 후 절치부심 준비하고 또 침공했죠. 그러나 역시 실패, 실패. 이후 저희에게는 중원에 대한 두려움이 생겼습니다. 저희가 강자존이 된 이유는 중원 침략이 아닌, 살아남기 위함입니다. 그것이 마치 중원을 침략하기 위해 강자존을 택한 것으로 오해되고 있지요."

중원에서 들었던 이야기와는 완전히 다른 내용이 천마의 입에서 흘러나오고 있었다.

"이래서 양쪽의 입장을 다 들어 봐야 한다는 건가. 중원과 대화해 볼 생각은요?"

"했습니다. 사절도 보내 보고, 친선을 위한 선물과 서신도 보냈습니다. 하지만 그들에게 저희는 악마 그 자체입니다. 절대로 중원에 발을 들이게 해서는 안 될……."

"그래서 결국 침공하기로 마음먹은 겁니까?"

"그게 무슨 말씀이십니까?"

"밀월신교를 멸문시켰던데요?"

영웅의 말에 천마는 그가 무엇을 말하는지 깨달았다.

"아, 그들 말이군요. 그렇습니다. 제가 직접 가서 멸문시켰습니다. 그들 때문에 오랫동안 준비해 온 친선 노력이 물거품이 될 수도 있으니까요. 그들이 사용하는 신교라는 이름은 저희를 지칭하는 이름이기도 합니다. 또한, 그들의 목적이 중원 정복이라는 사실을 알았으니 더더욱 말려야 했지요."

천마가 밀월신교를 멸문시킨 이유 역시 전혀 예상 밖이었다.

"그들로 인해 중원에 혼란이 찾아들고 있었고, 자칫 우리에 대한 공포가 다시 퍼질까 봐 염려되었습니다. 가장 큰 것은 감히 신교의 이름에 먹칠을 하고 있다는 것이었죠. 그게 가장 큰 이유입니다."

"그래도 다 죽이는 건 아니지 않나요?"

"네? 죽여요? 누가요?"

"다 죽였다고…… 그러던데……?"

영웅의 말에 천마가 펄쩍 뛰면서 말했다.

"다 죽이다뇨! 저, 저희는 예전과 같은 집단이 아닙니다! 분명 과거에는 마기가 온전하지 못해서 마성에 빠진 이들이 살육을 저질렀습니다. 하지만 지금은 아닙니다. 오랫동안 연구한 정화된 마기를 각고의 노력으로 수련하여 익히기 때문에 그런 일은 일어나지 않습니다!"

"그럼 그곳에 있던 사람들은 다 어디 있습니까?"

"이곳에 있습니다. 다친 자들은 전부 치료해 주었고, 한곳에 잘 모아 두었습니다."

"허…… 그럼 마교인들은 왜 말끝마다 중원 침공을 입에 달고 사는 겁니까?"

"하아, 중원을 침공하려던 것은 사실입니다. 저들이 우리와 협상을 하지 않으니 힘으로라도 정복해서 협상하려 했지요."

이걸 믿어야 하나 말아야 하나 고민되는 영웅이었다.

"정말이죠? 만약 거짓이라면……."

고오오오-!

영웅의 몸에서 엄청난 기세가 피어올랐다.

"크으윽!"

천마가 고통스러운 표정으로 무릎을 꿇었다.

"진짜 공포가 무엇인지 알게 될 것입니다."

나직하지만 강력한 음성이 천마의 귀를 때렸다.

그 순간 천마는 온몸으로 느꼈다. 심연 깊은 곳에서 튀어나온 듯한 짙고 순수한 마기를.

자신들이 그토록 바라 왔던 진정한 기운이었다.

천마는 고통을 참으며 최대한 우렁차게 대답했다.

"무, 물론입니다! 미, 미천한 종이 감히 마신께 거짓을 고하겠습니까? 모든 것은 사실이옵니다!"

"마신이라…… 아까부터 자꾸 마신이라고 하는데 내가 마신이 아니라고 해도 안 믿을 거죠?"

영웅이 어이없다는 눈빛으로 물었고, 천마는 당연하다는 듯 외쳤다.

"이 순수한 마기가 그 증명 아니겠습니까. 마신이시여! 이

미천한 종을 시험하지 마시옵소서."

가는 곳마다 자신들이 믿는 신으로 만들고 있었다.

'무신, 월신에 이어 이번엔 마신이냐?'

아니라고 말해 봐야 믿지도 않을 테고, 아니 믿을 생각이 없어 보였다.

사실 이제 사람들을 다 찾았으니 이곳에 볼일이 없었다.

그럴 바엔 차라리 신으로 남아서 이들에게 강력한 느낌을 안겨 주고 떠나는 게 나았다.

그래야 자신이 떠난 뒤에도 싸우지 않고 사이좋게 지낼 테니까.

"그거 좋네. 신이 된 기념으로 중원인들과 친하게 지낼 방법을 선물로 주고 떠나야겠군요."

"가, 감사합니다!"

영웅이 스스로 자신을 신이라 칭하자 감격한 천마가 눈물을 글썽이며 말했다.

그 모습에 영웅은 피식 웃으며 천마신교가 있는 곳으로 천천히 발걸음을 옮겼다.

그리고 그 뒤를 천마가 조심하게 따랐다.

영웅이 마교를 찾아 떠난 지 3일이라는 시간이 지났다.

등천무제와 담선우를 비롯한 사람들은 밀월신교에서 하염없이 영웅을 기다리고 있었다.

"주군께서 정말로 마교를 정리하고 오실까요?"

"과거 달마대사가 그랬고 뇌황이 그랬듯이, 우리 주군께서도 가능하시겠지."

"하아, 저도 그렇게 생각합니다만 언제까지 이렇게 손 놓고 기다려 하는지 모르겠습니다."

담선우의 말에 등천무제가 하늘을 바라보며 말했다.

"그건 나도 마찬가지일세. 허어, 마교가 어디에 있는지를 알아야 쫓아가든지 도우러 가든지 할 텐데."

저마다 한숨을 쉬고 있을 때 영웅의 목소리가 들려왔다.

"땅 꺼지겠네. 왜 이리 한숨을 쉬는 겁니까?"

갑자기 들려오는 목소리에 등천무제가 벌떡 일어나 뒤를 돌아보았다.

그곳에는 영웅이 뒷짐을 진 채로 웃으며 서 있었다.

"주, 주군!"

등천무제가 놀란 표정으로 영웅에게 달려갔다.

"주, 주군, 괜찮으십니까?"

"네, 괜찮습니다. 걱정 많이 하셨습니까?"

"다, 당연…… 아, 아닙니다! 주군께서는 신이나 다름이 없으신데 걱정이라니요. 신, 조금도 걱정하지 않았습니다."

재빨리 말을 바꾸는 등천무제의 말에 걱정이 가득했음을

느낀 영웅이 웃으며 말했다.

"잘 해결하고 왔으니 이제 걱정 그만하세요."

"저, 정말이십니까?"

그때, 같이 달려온 담선우 역시 놀라 물었다.

"저, 정말로 마교를 정리하고 오신 겁니까?"

"정리라고 해야 하나? 정리까진 아니고…… 중원과 마교 사이에 약간의 오해가 있었던 것 같더군요."

"오해요? 아니, 우리와 마교가 오해할 일이 뭐가 있습니까?"

담선우가 고개를 갸웃거리며 묻자 영웅이 자신의 뒤에 있는 자를 보여 주며 말했다.

"자세한 건 이 사람이 이야기해 줄 것이니 일단 멀쩡한 전각으로 좀 들어가죠."

"이 사람은 누구……?"

담선우의 물음에 영웅의 뒤에 있던 남자가 입을 열려는 찰나, 갑자기 엄청난 소란이 일어났다.

밀월신교의 교주와 군사가 남자를 보더니 사시나무 떨듯 떨면서 경악한 것이다.

"헉!"

"마, 말도 안 돼! 그, 그대가 어찌 이곳에!"

그 모습에 등천무제가 물었다.

"아는 분이오?"

등천무제의 물음에 밀월신교의 군사가 큰 소리로 외쳤다.

"이자가 바로 마교의 교주 천마요! 우리를 이렇게 만든 장본인 말이오!"

군사의 말에 등천무제를 비롯해 그곳에 있던 모든 이가 경악하며 거리를 벌렸다.

"주, 주군, 저, 정말입니까? 저자가 정말로 마교의 교주입니까?"

"처, 천마라니……."

주변을 둘러본 영웅이 천마를 바라보며 말했다.

"생각보다 공포심이 강한 모양이네?"

영웅은 이곳으로 오는 동안 천마가 제발 하대해 달라고 간곡하게 부탁하여 말을 놓은 상태였다.

"다 저희의 업보겠지요. 저래서 대화하려고 시도해도 먹히질 않았나 봅니다."

천마와 영웅의 대화에 이상함을 느낀 등천무제가 물었다.

"주, 주군, 처, 천마와 어떤 사이인지?"

등천무제의 질문에 천마가 웃으며 대답했다.

"전 이분의 충실한 종이지요."

"뭐?"

"헉! 서, 설마!"

"주군, 받아 주신 겁니까?"

사람들의 질문에 영웅이 고개를 끄덕였다.

그러자 밀월신교의 교주가 울분에 가득 찬 목소리로 외쳤다.

“우리 신도들을 모조리 도륙한 자입니다! 어찌 그런 흉악한 자를 받아 주신답니까! 어찌하여 그럴 수가 있사옵니까! 월신이 정말로 맞으십니까!”

밀월신교의 교주가 한이 담긴 목소리로 울부짖기 시작하자 영웅이 손뼉을 쳤다. 그러자 우거진 숲에서 수많은 사람의 인기척이 느껴지기 시작했다.

“마, 마교 놈들과 같이 온 것입니까? 아까부터 많은 사람들의 기운이 느껴졌는데…….”

3장

밀월신교 교주의 말이 끝남과 동시에 모습을 드러낸 것은 마교의 교도들이 아닌 그의 신도들이었다.

"어억! 아, 아니, 사, 살아 있었단 말이냐?"

자신이 잘 아는 얼굴이 보이자 교주가 놀란 눈으로 외쳤다.

"교주님을 뵈옵니다!"

선두에 있던 자가 먼저 부복을 하고, 뒤이어 수천에 달하는 사람들이 일제히 부복하며 외쳤다.

"교주님을 뵈옵니다!"

이게 지금 무슨 상황인지 갈피를 잡지 못하는 교주에게 영웅이 말했다.

"전부 다 살아 있었다. 마교는 너희가 아는 것처럼 악마의 집단이 아니다. 단지 살아남기 위해 발버둥 치던 이민족이었을 뿐."

영웅의 말에 다들 말도 안 된다는 표정으로 그와 천마를 바라보았다.

약간의 소란 후 밀월신교는 빠르게 제자리를 찾았다.

전부 박살이 난 전각 가운데 그나마 멀쩡한 전각으로 영웅과 천마, 등천무제와 담선우 그리고 밀월신교의 교주와 군사가 모였다.

그들은 천마에게 많은 이야기를 들었고, 그들이 왜 그런 선택을 했는지도 알게 되었다.

밀월신교의 군사가 입을 열었다.

"하지만 중원인의 뇌리에 박힌 마교…… 흠흠! 죄송합니다. 신교의 인식은 쉽게 변하지 않을 것입니다. 아마 차별이 계속 이어지겠죠. 처음에는 신교의 사람들도 어느 정도 이해하고 넘어갈 수 있을 겁니다. 하지만 계속 쌓이다 보면 언젠가는 폭발할 게 뻔합니다."

군사의 말에 다들 심각한 표정으로 바뀌었다.

"그리고 여기서 우리끼리 아무리 인정해 봤자 달라질 게 없습니다. 밀월은 결국 중원의 암중 세력이기에 오히려 신교와 같은 취급을 받은 가능성이 크고, 담 각주님의 비선각도 워낙 비밀이 많은 문파라 큰 도움이 되지 못할 겁니다. 그러면 남은 분은 무제 한 분뿐인데, 등천문이 아무리 무림 삼대 세력 중 하나라지만 그걸로는 역부족입니다."

밀월신교 군사의 말에 담선우가 반박했다.

"그건 주군을 잘 몰라서 하는 소리요. 우리 주군께서는 천무성주님의 막내아드님이자 사실상 천무성을 장악하고 계신 분이오."

"엑? 그, 그게 무슨 말씀이십니까? 마, 막내라니요? 서, 설마……."

군사가 차마 입 밖으로 내뱉지 못한 그 말.

"응, 맞아. 무능공자."

영웅이 대신 말해 주었다.

"쿨럭!"

너무 놀란 나머지 사레가 들린 군사가 기침을 해 댔다.

그러거나 말거나 담선우는 이야기를 계속해 갔다.

"게다가 저기 멀뚱거리고 서 있는 놈이 현 무림맹주의 하나뿐인 제자요. 이 정도면 그래도 설득해 볼 만하지 않소?"

군사가 기침을 멈추고 담선우가 가리킨 남자를 바라보았다.

여불강이 머쓱한 표정으로 살짝 미소를 지었다.

"일단 무림맹은 제쳐 놓고, 아버지가 있는 천무성을 비롯해 등천문이 신교를 인정한다면 괜찮지 않을까?"

영웅의 말에 등천무제가 웃으며 말했다.

"소신은 주군의 명을 따를 뿐이옵니다."

영웅은 등천무제의 대답에 미소를 지으며 고개를 끄덕이고는 여불강을 바라보았다.

"너희 사부님, 그러니까 무림맹주는 어떻지? 마교를 어찌 생각하는지 알고 있어?"

영웅의 물음에 여불강이 천마의 눈치를 살피면서 조심스럽게 대답했다.

"저, 그, 그것이…… 저희 문파는 마, 마교…… 아, 아니 신교에 멸문에 가까운 피해를 입은 적이 있기에 철천지원수나 다름없습니다. 아마 사부님께서는 더하셨으면 더하셨지 덜하진 않으실 겁니다."

갈 길이 멀었다.

영웅은 무슨 방법이 없을까 생각하던 중 갑자기 기가 막힌 생각을 떠올렸다.

'가만…… 이들이 농사를 짓고 살아갈 수 있는 환경을 만들어 주면 되는 거잖아?'

영웅은 곧바로 천마에게 말했다.

"천마신교는 근본적으로 터 잡고 먹고살 수 있는 공간이 있으면 되는 거지? 이런 첩첩산중이 아니라 농사를 지을 수 있는 옥토를 원하는 거잖아."

"그, 그렇습니다."

"정말 그거면 돼? 그거면 중원과 평화롭게 지낼 수 있겠어?"

영웅의 말에 천마를 비롯한 주변에 있는 모든 이가 고개를 갸웃거렸다.

"주군, 무슨 좋은 방법이라도 있으십니까?"

등천무제가 대표로 묻자 영웅이 싱긋 웃으며 말했다.

"내가 만들어 주면 되잖아, 그런 기름진 영토를 말이야."

"네?"

순간 그곳에 있는 모든 이는 이게 무슨 소린가 싶어 두 눈만 깜박이며 영웅을 바라보았다.

천마가 멍한 얼굴을 하다가 이내 정신을 차리고 재차 물었다.

"주, 주군, 바, 방금 뭐라고 하셨습니까?"

"내가 중원에서 가장 농사짓기 좋은 땅을 만들어 주겠다고."

순간 등천무제는 영웅이 어떤 사람인지 떠올랐다.

등천무제가 고개를 격하게 끄덕이자 주변의 사람들은 지금 이게 무슨 상황인지 파악하려 애썼다.

의문에 가득 찬 주변의 반응엔 아랑곳하지 않고 영웅은 골똘히 무언가를 생각했다.

"일단 수원이 있어야겠고, 비옥한 토지가 되려면 비료도 있어야겠지? 비료라…… 그건 내가 사 오면 되는 것이고. 일단 한번 돌아보고 와야겠군."

영웅은 혼자서 중얼거리더니 순식간에 자취를 감추었다. 마치 원래부터 그 자리에 없었던 것처럼 말이다.

슈팍-!

순식간에 사라진 영웅의 빈자리를 멍하니 바라보던 천마가 등천무제에게 물었다.

"무, 무제께선 저, 저분께서 지금 하신 말씀이 무엇인지 이해가 되십니까?"

천마의 말에 등천무제가 고개를 끄덕이며 말했다.

"네, 들으시지 않았습니까? 산을 평지로 만들고 비옥한 토지를 선사해 주시겠다고요."

"그, 그게 가능합니까?"

"가능하지요. 저분은 신이니까요."

등천무제의 말에 천마는 발끝에서부터 짜릿한 느낌을 받았다.

알 수 없는 쾌감이랄까?

이는 옆에 있던 밀월신교의 교주 역시 마찬가지였다.

그는 믿기지 않는다는 얼굴로 하늘만 바라보다 중얼거렸다.

"역시 월신님이로다!"

"아니오! 마신이시오!"

"무슨 말이오! 우리 주군은 무신이시오!"

저마다 자신들의 신이라 주장하는 세 사람이었다.

그렇게 투덕거리고 있을 때 영웅이 다시 모습을 드러내며 물었다.

"뭐야? 왜들 싸우고 있어?"

이들이 싸운 이유를 들은 영웅은 어이없는 표정으로 세 사람을 바라보았다.

"그런 쓸데없는 거로 싸울래, 진짜?"

버럭 화를 내는 영웅 앞에서 세 사람은 고개를 푹 숙이고 죄인처럼 입을 다물고 있었다.

"천마!"

"네!"

"일단 괜찮은 부지를 찾았어. 그곳이라면 풍족하게 살 수 있을 것 같아."

"가, 감사합니다!"

"그럼 가자."

영웅의 재촉에 천마가 머뭇거리며 말했다.

"저…… 마신이시여! 이 미천한 종놈이 감히 바라는 것이 있사옵니다!"

말을 마치자마자 부복하는 천마를 보고 영웅이 고개를 갸웃거리며 물었다.

"바라는 거? 뭔데?"

"우, 우리 천마신교의 신도들과 함께 마신께서 행하시는 일을 직접 두 눈으로 보고 싶사옵니다!"

"그래, 그게 뭐 어려운 일이라고."

"가, 감사합니다!"

천마가 머리를 땅에 붙이고 연신 감사의 인사를 했다.

"그만 일어나. 이러다가 밤새우겠다."

"충!"

영웅은 그런 천마를 잠시 바라보다가 등천무제와 밀월신교의 교주에게 말했다.

"다시 다녀올 테니까 여기에 좀 더 있어."

"주, 주군!"

"워, 월신이시여!"

푸슉-!

영웅은 그들의 부름을 냉정하게 뿌리치고 천마를 데리고 순식간에 그 자리에서 사라졌다.

두 사람은 영웅이 사라진 곳을 하염없이 바라보며 질투를 내뱉었다.

"으득! 내 반드시 월신님의 총애를 받고 말리라!"

"내가 먼저 총애를 받을 것이다!"

"내가 먼저다!"

"내가 먼저……."

두 사람의 유치한 대결이 다시 시작되었다.

커다란 보름달이 뜰 때까지 쭈욱.

수만에 달하는 천마신교 사람들이 어느 이름 모를 산 이곳저곳에 퍼져서 무언가를 바라보고 있었다.

그 무리엔 영웅과 함께 현세로 돌아가기 위해 준비 중인 임시혁과 차태성도 끼어 있었다.

임시혁과 차태성의 뒤에서 사람들이 대화 소리가 들려왔다.

"무엇을 하려고 이곳에 다 모이라고 하신 거지?"

"너는 그것도 모르고 이곳에 온 거냐?"

"아니, 얼핏 듣긴 했지만…… 워낙에 말이 안 되는 소리라서."

"하긴 말이 안 되긴 하지. 세상에 마신이라니, 그걸 진짜로 믿는단 말이야?"

"쉿! 간부들이 들으면 우리 목이 달아나. 그 주둥아리 조심해!"

"말이야 바른말이지. 마신이 어디 있어? 정말로 있다면 우리가 이렇게 힘들게 살도록 내버려 뒀겠냔 말이야."

"이 사람이 그래도? 아무리 그래도 마신님을 그렇게 말하지 말게! 내가 먼저 자네를 죽일 수 있네!"

"미안하네. 답답해서 그랬네, 답답해서."

"일단 지켜보세. 마신께서 강림하신다고 교주께서 직접 이야기하지 않았는가."

그랬다.

천마는 마신께서 자신들에게 축복의 땅을 선사하신다고 말하고, 그 기적을 직접 두 눈으로 볼 수 있는 영광을 주겠다며 이곳으로 신도들을 모았다.

그러나 이곳에 온 대부분의 사람은 그 말을 믿지 않았다.

그저 이곳으로 모이라고 했기에 온 사람이 더 많았다.

사람들이 저마다의 추측을 하며 떠들던 그때 천마가 광장 가장 높은 곳에서 모습을 드러내었고, 이내 내공을 실어 그곳에 모인 사람들을 향해 말했다.

"주목! 모든 교도는 들어라!"

웅웅웅웅–!

천마의 엄청난 내공이 담긴 목소리가 산 전체에 울려 퍼졌다.

"과연! 우리 교주님이시다!"

천마의 엄청난 내공에 다들 자부심 가득한 표정으로 그를 바라보았다.

"교인들이여, 기뻐하라! 오늘 우리의 오랜 숙원이 이루어질 것이다. 드디어 마신께서 우리에게 축복의 땅을 선사해 주실 것이다. 정령 기쁘게도 마신께서 우리에게 직접 그 영광된 순간을 볼 수 있는 기회를 주셨다. 모두 경배하라! 경배하고 또 경배하라! 그분의 은혜를 눈에 깊이 새겨 천 대, 만 대 영원토록 이어지게 하여라!"

웅웅웅웅─!

천마의 말에 사방이 고요해졌다. 이것을 믿어야 할지 말아야 할지 고민하는 표정들이 가득했다.

천마는 그런 이들을 보면서도 기분 나빠하지 않았다.

사실 자신도 지금 이걸 믿어야 할지 말아야 할지 확신이 안 섰기 때문이다.

그 순간 영웅이 산 가장 아래에서 등장했다.

임시혁과 차태성은 영웅의 등장에 두근거리는 마음으로 그를 바라보았다.

이번엔 과연 어떤 엄청난 것을 보여 줄지 잔뜩 기대하는 눈빛이었다.

다른 이들 역시 영웅의 엄청난 무위를 보았기에 그가 누구인지는 알고 있었다.

하지만 이 첩첩산중에서 어떻게 비옥한 토지를 만들어 준다는 건지 이해가 가지 않았다.

거기에 마신이라니.

이들은 천마와 영웅의 전투 때 둘의 대화를 듣지 못했기에 천마가 영웅을 마신으로 모시고 있다는 사실을 알지 못했다.

영웅은 사람들이 자신을 어떻게 보든 신경 쓰지 않고 손바닥을 펼쳐 허공에 일자로 손을 쓱 하고 그었다.

그 모습에 다들 저게 뭐 하는 짓인가 하는 표정을 지었다.

그리고 천마를 번갈아 보며 눈빛으로 이야기했다.

저 사람이 정말 마신이냐고.

천마 역시 당황했다.

아무런 일도 일어나지 않았기 때문이다.

좀 더 알아보고 신도들을 모았어야 했다는 후회가 들기 시작했다.

파앙—!

그렇게 후회하고 있을 때, 투명한 파동이 천마를 비롯해 그곳에 있는 모든 이를 통과하며 지나갔다.

쯔어엉—!

대기가 울리는 소리가 사방으로 퍼지고 모든 이의 눈이 튀어나오게 만드는 광경이 펼쳐졌다.

태산(太山).

수십 개의 거대한 산이 잘린 두부처럼 하늘로 떠오르고 있었다.

그 크기가 어찌나 거대한지 하늘을 다 가릴 정도였다.

다들 그 엄청난 광경에 숨도 제대로 쉬지 못하고 입만 쩍 벌리고 있었다.

"마, 맙소사!"

"지, 지금 내가 보는 것이 정말 현실이라고?"

"저게 정말로 인간이 할 수 있는 일이야?"

"멍청아! 아까 교주께서 하신 말씀 못 들었어? 마신께서 강림하셨다고……."

마지막 남자의 말이 그곳 전체에 아주 생생하게 퍼져 나갔다.

꿀꺽-!

수만의 사람이 동시에 침을 삼켰다.

쿠크크크크킁-!

하늘을 뒤덮은 거대한 산들이 새로 생긴 평지를 중심으로 퍼져 나갔다. 그러더니 산과 산 사이 비어 있는 공간에 내려앉기 시작했다.

쿠르르르르릉-!

영웅이 만든 평지를 둘러싼, 새도 통과할 수 없는 높이의 거대한 자연 성벽이 만들어졌다.

그렇게 만들어진 평지는 정말로 엄청나게 넓었다.

하지만 문제가 있었다.

모든 부분이 흙이 아니었다. 그곳에 있던 산들 대부분이 바위산이었는지 넓은 평지 여기저기에 절단된 바위들이 보였다.

영웅은 공중에 남겨 둔 가장 큰 산 하나를 보며 주먹을 꽉 쥐었다.

그러자 말 그대로 태산이 잘게 바스러져서 영웅이 만든 평야에 골고루 뿌려졌다.

쏴아아아아아아아-!

흙비가 세차게 내리자 드넓은 평야가 고운 흙으로 뒤덮였다.

영웅은 모든 부분이 흙으로 뒤덮이자 자신이 현세에서 가져온 비료들을 다시 골고루 뿌렸다.

순식간에 누가 봐도 비옥하고 농사짓기 딱 좋은 토지가 그들의 눈앞에 펼쳐졌다.

영웅은 자신이 만든 작품을 잠시 감상하더니 뒤를 돌아보며 말했다.

"어때, 이 정도면 농사짓고 사는 데 지장 없지?"

영웅의 말에 입을 벌린 채 침을 질질 흘리며 이 엄청난 광경을 지켜보던 천마가 화들짝 놀라며 재빨리 대답했다.

"그, 그렇습니다!"

천마의 신분으로 모든 교인 앞에서 침을 질질 흘리는 민망한 모습을 보였지만, 그곳에 있는 그 누구도 그것을 탓할 사람은 없었다.

천마가 왜 그랬는지 누구보다 절실하게 공감하고 있었기 때문이다.

"오래된 산이라 그런가? 흙에 영양분이 풍성한 것 같아. 산에 있던 영약들까지 모조리 갈아서 골고루 뿌렸으니까, 아마 중원 최고의 토질일 거야."
"제, 제가 생각해도 그, 그렇습니다!"
"아차! 깜박했네."
영웅이 무언가를 깜박했다는 표정으로 자신의 머리를 톡 치더니 주먹을 말아 쥐었다.
그리고 한쪽에 있는 산을 향해 가볍게 내질렀다.
후웅-! 쿠콰쾅-!
가볍게 내질렀지만, 결과는 가볍지 않았다.
거대한 산의 한 모퉁이가 통째로 날아가 버렸다.
모퉁이가 날아가면서 생긴 공간으로 무언가가 쏟아지기 시작했다.
물이었다.
산 위쪽에서 거대한 호수를 발견한 영웅이 이들을 위해 그 물이 이쪽으로 흐르도록 방향을 바꾸어 놓은 것이다.
더는 물 걱정을 하지 않아도 될 것이다.
이 모든 일련의 과정을 지켜본 천마는 정신을 차릴 수 없었다.
그토록 바라던 비옥한 터전을 얻은 것이다.
이제 더는 굶을 걱정이 없었고 척박한 땅에서 살아남기 위해 아등바등하지 않아도 되었다.
지금 그의 심장은 벅찬 마음에 터지기 일보 직전이었고, 영웅에 대한 신앙심이 최고치에 다다라서 어찌할 바를 몰라

하고 있었다.

자신도 모르게 두 눈에서 흘러내리는 굵은 눈물을 닦을 생각도 하지 않고 그대로 영웅 앞에 무너져 내리는 천마.

"미, 미천한 종을 위해 이렇게 비옥한 옥토를 주시다니……. 이 자리에서 맹세하건대 저 천마 이강진은 평생토록 마신님만을 따르며 믿을 것을 천명하옵니다!"

그리고 크게 절하며 외쳤다.

"마신께 경배를!"

천마의 외침에 그곳에 있던 모든 교인이 우르르 몰려나와 절을 하면서 천마와 똑같이 외치기 시작했다.

"마신께 경배를!"

그곳에 있는 모든 사람이 똑똑히 보았다.

자신들의 마신이 정말로 세상에 강림하였음을.

그리고 자신들의 소원을 들어주었음을.

천마신교 교인들의 신앙심은 극에 달해 있었다.

한편, 그 모습을 지켜본 임시혁과 차태성은 숨조차 제대로 쉴 수 없을 정도로 경악했다.

"주, 준혁이 형이…… 도대체 어떤 분을 보낸 거야?"

"야, 두 눈으로 확실하게 봤잖아. 준혁이 형은…… 신을 보내 줬어."

그들의 눈은 어느새 풀려 있었다.

영웅은 인간이 아니었다.

각성자?

그는 이미 그 단계를 넘어선 절대자다.

자신들은 SS급 각성자다.

협회 소속으로 오랫동안 연준혁과 활동하면서 세상에 있는 모든 등급의 각성자를 만나 봤다.

그리고 그들이 이곳에 와서 만난 고수 중 가장 최고는 단연 천마였다.

천마는 바깥세상의 등급으로 따지면 충분히 레전드 등급을 차지할 수 있을 정도로 강했다.

그런데 지금 그들의 눈앞에는 그를 아득히 초월한 등급 외의 존재가 있었다.

바로 신.

그들의 눈에 영웅은 그냥 신이었다.

등급을 매긴다는 것 자체가 신성모독이다.

임시혁과 차태성의 마음속에도 영웅에 대한 신앙심이 깃들었고, 죽을 때까지 영웅을 따르겠다는 결심이 아로새겨졌다.

그들 역시 엎드려 외쳤다.

"마신께 경배를!"

자신들의 눈에서 눈물이 흘러내리고 있는 것도 모른 채 연신 절을 올리는 두 사람이었다.

마교의 일을 대충 마무리한 영웅은 울고불고 매달리는 마교도들 때문에 한바탕 곤욕을 치렀다.

영웅이 떠난다는 말을 듣고 기겁을 한 것이다.

자신들이 그동안 제대로 믿지 않아서 그런 것이냐며 죄를 청하겠다고 머리를 박는 인간부터, 평생 따라다니며 영웅의 수족이 되겠다고 달려드는 인간까지.

—자꾸 그러면 나 다신 강림 안 한다.

하지만 영웅의 단호한 한마디에 모든 것이 해결되었다.

모든 마교도가 머리를 땅에 박고 영웅의 말을 받았다.

—가끔 놀러 올 테니까, 그때까지 아주 최대한 잘 살고 있어. 내가 이렇게 터전을 만들어 준 보람이 있도록, 알겠지?'

영웅의 말에 마교도들의 눈빛이 변했다.

당장이라도 일어나 집을 짓고 곡식을 심을 분위기였다.

어떤 이들의 눈에는 광기까지 어려 있었다.

특히 천마의 눈은 결연하기 그지없었다. 필요하다면 그 어떤 희생을 하더라도 영웅이 말한 것을 실현시킬 기세였다.

어쨌든 그렇게 말함으로써 그들을 떼어 놓고 나올 수 있었다.

그런 영웅의 곁엔 임시혁과 차태성이 비장한 표정으로 따라왔다.

'뭐야? 얘네는 또 왜 이래?'

영웅이 고개를 갸웃거리며 쳐다보자, 둘은 서로를 돌아보더니 고개를 끄덕이고는 영웅의 앞에 부복하며 외쳤다.

"저희를 받아 주십시오! 미천한 종들이 주군께 모든 것을 바치겠나이다!"

"엥? 가, 갑자기 왜 이러세요? 아실 만한 분들이."

"아닙니다! 저희가 본 것이 전부 사실이라면, 지금 저희 앞에 계신 영웅 님은 신이십니다! 부디 모실 수 있도록 해 주십시오!"

"아니, 그건 연극이었어요, 연극! 저들을 속이기 위한 연극."

"아닙니다! 그건 절대로 연극이 아니었습니다! 이제야 알겠습니다. 저희가 이곳에 온 것은 모두 주군을 만나기 위함이었습니다."

"맞습니다! 모든 일에는 이유가 있는 법입니다! 이것이 저희에게 내려진 숙명입니다! 부디 모실 수 있도록 허락해 주십시오!"

영웅이 이마를 감쌌다.

이래서야 편한 생활은 물 건너간 것이 아닌가.

'아 씨, 저 사람들을 일단 저쪽으로 보내고 마교 일을 해결했어야 했어.'

후회해 봐도 이미 늦었다.

'하아. 하긴, 이런 힘을 가지고 평범은 개뿔. 그냥 인정하고 살자.'

결국 그냥 자신의 운명을 받아들이기로 마음먹은 영웅이었다.

"그래요. 알았으니까 일단 일어나요."

"말씀을 낮추어 주십시오!"

"낮추어 주십시오!"

"하아, 알았어. 그러니 일어나."

"충!"

"충!"

둘은 영웅의 말이 끝나기가 무섭게 번개 같은 속도로 일어나 부동자세를 취했다.

영웅은 그런 그들을 잠시 바라보더니 고개를 흔들고는 그들에게 무언가를 내밀었다.

"이, 이게 뭡니까?"

"대환단. 내 수하가 약한 것은 죽어도 못 본다. 저쪽으로 가기 전에 등급 업부터 하고 가자."

"주, 주군!"

자신들이 우겨서 주군으로 모신 것인데 수하로 인정하자마자 이런 엄청난 은혜를 안겨 주다니.

임시혁과 차태성의 눈에서 눈물이 흘러내렸다.

"크흐흑! 이, 이 크나큰 은혜를 어, 어찌 다 갚겠습니까!"

"주군! 이 몸이 죽어 진토가 되어도 주군을 따를 것입니다!"

영웅은 그런 둘의 등을 토닥이고는 밀월신교로 이동했다.

영웅이 임시혁과 차태성을 데리고 밀월신교로 온 지도 벌써 일주일이 지났다.

그동안 영웅은 무언가를 고심하고 있었다.

"마교도 해결했고 밀월신교도 해결했으니 이제 파천회인지 뭐시기인지만 남았나?"

파천회는 앞에 두 단체보다 찾기 까다로웠다.

가장 큰 문제는 본신이 아니라 심령을 조종해서 움직인다는 것이다. 이러니 추적을 할 수가 없었다.

"약 올라 죽겠네. 사람 조종한 놈은 잡히면 진짜 가만 안 둔다."

약 오른 것은 약 오른 것이고 일단은 방법을 찾아야 했다.

"이놈들을 어찌 잡는다……."

심각한 표정으로 고민하는 영웅에게 등천무제와 밀월신교의 교주가 다가왔다.

"무슨 고민이라도 있으십니까?"

등천무제가 영웅이 잔뜩 인상을 찌푸린 것을 보고 조심스럽게 물었다.

그에 영웅이 표정을 풀고는 웃으며 말했다.

"아! 파천회인지 머시긴지 때문에요. 그놈들이 진짜 무림의 평화를 갉아먹는 놈들이니 잡아야 하는데…… 쉽지가 않네요."

영웅의 입에서 나온 파천회라는 단어에 밀월신교 교주도 인상을 찡그렸다.

"그러고 보니 우리 밀월신교를 꼬드기던 놈도 어딘가 이상했습니다. 원래는 평화를 주장하던 놈이었는데, 어느 순간부터 중원과 전쟁해야 한다고 주장하기 시작했지요."

밀월신교 교주의 말에 영웅이 귀를 기울였다.

"처음에는 무시했습니다. 그런데 어느 순간인가부터 교도들이 그 녀석의 말에 현혹되기 시작했습니다. 저 또한 그 말에 혹해서 많은 나쁜 짓을 저질렀고요. 그중에는…… 주, 주군의 본가를 흔든 것도 있었습니다……."

그러고는 영웅의 눈치를 살폈다.

그 모습에 영웅이 미소를 지으며 말했다.

"괜찮으니 계속 이야기해 봐."

"가, 감사합니다. 그런데 이놈이 혼자 있을 때면 가끔가다 이상한 소리를 하는 겁니다."

"이상한 소리?"

"네, 천무성이나 등천문은 이제 더는 최강이 아니라며 실성한 사람처럼 혼자 웃고 있더군요. 그러면서 이제 곧 최강은 자신의 가문이 될 거라고 하는 것을 여러 번 목격했습니다."

"자신의 가문?"

"그렇습니다. 그런데 놈은 가문이 없습니다. 갓난아기일 때 이곳으로 들어왔거든요. 출신지도 모르는 놈이 가문을 이야기하는 게 이상했습니다."

교주의 말에 옆에 있던 등천무제가 수염을 쓰다듬으며 말했다.

"흠, 그럼 무의식적으로 말한 거란 이야기군. 가문이라…… 잘 찾아보면 나오지 않을까?"

"네에? 중원 천지에 존재하는 가문이 한둘이 아닌데, 어느 세월에 그 많은 가문을 조사합니까. 당장 생각나는 가문만 해도 수십 곳이 넘습니다."

밀월신교 교주가 고개를 저으며 말했다.

그때 곁에 있던 담선우가 교주의 말에 동의하고 나섰다.

"단서가 너무 한정적입니다. 무작정 조사하기에는 너무 많은 시간과 인력이 소모됩니다. 차라리 가문을 기준으로 잡고 조금씩 단서를 찾는 게 낫지 않겠습니까? 비선각의 모든 역량을 동원해 보겠습니다."

담선우의 말에 등천무제와 밀월신교 교주 역시 고개를 끄덕이며 동의했고, 자신들도 돕겠다 말했다.

영웅은 그들에게 그러라 말한 뒤 무언가가 떠오른 듯 담선우에게 물었다.

"가만, 무림맹이 그런 가문들이 가장 많이 모여 있는 곳 아냐?"

영웅의 말에 담선우가 고개를 끄덕이며 답했다.

"그렇습니다."

담선우의 대답에 영웅은 저 멀리서 사운학과 노닥거리고 있는 여불강을 바라보았다.

"저 녀석이 현 무림맹주의 제자라고 했지?"

"아, 여불강 말입니까? 그렇습니다. 무림맹주의 수제자이자 화산파에서 가장 미래가 기대되는 후기지수지요."

"그럼 나는 저 녀석을 따라서 무림맹에 가 볼게."

"네? 그럼 주군께선 무림맹을 조사하시겠다는 말씀이십니까?"

담선우의 말에 영웅이 고개를 끄덕였다.

"응, 무림맹 구경도 할 겸 겸사겸사."

"알겠습니다."

영웅은 기대에 찬 표정으로 여불강에게 향했다.

하지만 영웅이 자신들을 향해 다가오는 것을 본 사운학과 여불강의 표정은 순식간에 굳어졌다.

"바쁘냐?"

영웅이 친한 척하며 묻자 둘은 재빨리 자세를 고쳐 잡고 큰 소리로 대답했다.

"아닙니다! 완전 한가합니다!"

"그렇습니다! 전혀 바쁘지 않습니다!"

둘의 반응에 영웅은 피식 웃으며 여불강에게 다가가 어깨동무를 했다.

"네가 무림맹주의 제자라며?"

영웅의 물음에 여불강이 화들짝 놀라면서 자신의 스승에 대한 변호를 하기 시작했다.

"그, 그렇습니다. 왜, 왜 그러십니까? 제, 제가 혹시라도 잘못한 것이 있다면 제가 벌을 받겠습니다. 사부님은 아무 잘못이 없으십니다."

그냥 한마디 물었을 뿐인데, 여불강은 불안한지 눈을 이리저리 굴리며 자신의 스승을 열심히 감싸고 있었다.

영웅은 왠지 자신이 나쁜 놈이 된 것 같은 기분이었지만 현재 여불강의 심정이 어떨지 잘 알기에 그냥 웃어넘겼다.

"아니, 아니, 그게 아니고 내가 무림맹 가 봐야 할 것 같아서 말이지. 같이 가자고."

"네에?"

같이 가자는 말이 이렇게 놀랄 일인가?

여불강은 몸을 부들부들 떨면서 영웅에게 재차 물었다.

"자, 잘 못 들었습니다? 바, 방금 뭐라고 하셨는지……."

"무림맹에 가 봐야 할 일이 생겼다고, 그러니 같이 가자고. 또 딴소리하면 혼난다?"

"헙! 아, 알겠습니다! 제, 제가 최선을 다해 모시겠습니다!"

"가는 길에 내가 네 수련 상대가 되어 줄게. 어때, 구미가 당기지?"

구미가 당길 리가 있나.

수련 상대도 상대 나름이다.

지상 최강, 아니 우주 최강이라고 생각되는 남자가 눈앞의 영웅이었다.

천하제일인, 고금제일인이란 단어가 무의미한 정도.

홀로 까마득하게 높은 곳에서 세상을 내려다보며, 자신 같은 인간들이 서로 잘났다고 싸우고, 서로 천하제일이라 싸우는 모습을 보며 즐거워하는 존재.

여불강이 생각하는 영웅은 그런 존재였다.

그런 존재가 자신의 수련 상대가 되어 주겠다고 하니 여불강은 숨이 턱 막혔다.

그렇다고 거절할 용기는 없었다.

여불강은 속으로 눈물을 흘리며 고개를 끄덕였다.

"가, 감사합니다."

여불강의 속마음을 짐작한 영웅은 그가 귀여워 머리를 한 번 쓰다듬고 사운학을 바라보았다.

"너도 따라와."

"네! 미천한 종을 원하시니 그곳이 어디가 되었든 따라가겠습니다!"

사운학의 대답에 영웅은 아차 했다.

생각해 보니 이놈은 자신의 광신도가 되어 있는 상태였다.

자신이 큰 실수를 했다고 생각한 영웅은 이마를 짚었다.

하지만 됐다고 해 봐야 저놈은 기를 쓰고 따라올 것이다.

이미 놈의 눈빛은 자신과 함께 무림맹에 가 있었다.

"하아, 그런 말투는 눈에 띄니까 그냥 도련님이나 공자님이라고 불러 줄래?"

"알겠습니다, 도련님! 소인이 성심성의껏 모시도록 하겠습니다!"

의외로 순순히 자신의 말을 따르는 사운학이었다.

그러고 보니 밀월신교에서 똑똑하기로 소문난 놈이라고 했던가?

"너 다음 대 밀월신교 교주 돼 볼래?"

왠지 이놈이 되면 나중에 자신이 이곳을 오갈 때 편할 것 같았다.

"저는 그저 따를 뿐입니다."

야망을 드러낸 건 아니었다.

그냥 무조건적인 복종을 보이고 있었다.

'이놈도 수련을 좀 시켜야겠군.'

그냥 밀월신교 교주에게 가서 '이놈이 마음에 든다.' 한마디만 해도 차기 교주로 지정될 것이다.

아니, 지금 당장 교주 자리를 사운학에게 넘기려고 할 터.

하지만 밀월신교를 지키기엔 사운학이 많이 약했다.

영웅은 이번 기회에 사운학을 강하게 키워야겠다고 생각했다.

그렇게 영웅은 사운학과 여불강을 데리고 무림맹으로 향했다.

연가칠도(連家七刀).

일곱 명의 무인으로 구성된, 패도연가의 가주 패왕도 연무성을 지근거리에서 수행하는 연가의 정예 중 정예.

연무성이 직접 연가의 직계만이 익힐 수 있는 무공들을 심혈을 기울여 가르친 이들로, 한마디로 연무성의 비공식 제자라 할 수 있었다.

그런 그들이 지금 세상에 나왔다. 바로 사라진 영웅의 행방을 찾기 위해서다.

영웅이 수련을 잘하고 있는지 건강에는 이상이 없는지 걱정이 된 연무성이 폐관수련실을 몰래 들여다보았는데, 영웅이 보이지 않았다.

화들짝 놀란 그는 폐관실 문을 박살 내고 안으로 들어갔고, 텅 비어 있는 수련실을 보며 망연자실했다.

답답한 나머지 바깥으로 탈출했다고 생각한 연무성은 자신이 가장 아끼는 정예 중 정예 연가칠도에게 수색을 명했다.

반드시 손자인 백군명을 찾아오라고 명령을 내린 것이다.

그리고 영웅의 흔적을 따라 천무성까지 오게 되었다.

그들이 천무성에 조심스럽게 접근하고 있는데 뒤에서 누군가가 말을 걸어왔다.

“연가칠도?”

자신들의 정체를 정확하게 꿰뚫는 말에 다들 긴장하면서 목소리가 들려온 곳으로 고개를 돌렸다.

그곳에는 익숙한 누군가가 환한 미소를 지으며 자신들을 바라보고 있었다.

“오랜만이군그래, 장인어른께서 보내셨는가?”

“헉! 서, 설마!”

“서, 성주님이십니까?”

“이 사람들이, 오래간만에 봤다고 나도 기억을 못 하는가. 섭섭하구먼.”

이들을 반긴 사람은 바로 전대 천무성주인 천검제 백무상이었다.

연가칠도가 이렇게 놀란 이유는 백무상이 현재 행방불명으로 알려 있고, 막내인 백군명을 연가에 맡길 정도로 상황이 심각했기 때문이다.

그런데 이렇게 멀쩡한 모습으로 자신들을 반기니 이것이 어찌 된 영문인지 몰라 어리둥절할 수밖에 없었다.

"서, 성주님은 분명 시, 실종되셨다고……."

연가칠도를 이끄는 제일도 풍도가 조심스럽게 말했다.

"아, 그거! 맞아, 실종되었었지. 아니, 죽어 가고 있었다고 말하는 게 맞겠군. 그런데 우리 아들이 날 살리고 이렇게 멀쩡한 모습으로 돌려놓았지."

"그 아드님이…… 마, 막내 도련님은 아니시겠죠?"

풍도는 그럴 리가 없다고 생각했지만, 혹시나 하는 마음에 물었다.

"오! 잘 아는군. 우리 막내가 나를 살렸지, 하하하하!"

"말도 안 됩니다! 막내 도련님이 어찌!"

풍도의 말에 백무상이 웃다가 갑자기 정색을 하며 풍도를 노려보았다. 그리고 나직한 목소리로 말했다.

"뭔가? 지금 내 아들을 의심하는 것인가?"

"그, 그것이 아니옵고…… 마, 막내 도련님은 무, 무공조차 제대로 익히지 못하시는데……."

"그거 말인가. 그 맹랑한 녀석이 속이고 있었네."

"네?"

"세상을 속이고 있었다고, 자신이 무능한 것처럼."

"그것이 정말입니까?"

풍도를 비롯한 연가칠도가 전부 놀란 토끼 눈을 했다.

"그렇다네, 허허허. 그 오랜 세월 동안 자신의 재능을 숨긴 채 이 아비와 가족을 지키기 위해 버텨 왔더군. 정말 기특한 녀석이야."

절대 그런 적 없었다.

영웅이 기연을 얻어서 강해지고 기억을 잃었다는 걸 믿지 않는 백무상이었다. 아무리 기연을 얻었다고 해도 한순간에 그렇게 강해질 수는 없기 때문이다.

백무상은 영웅이 갑자기 강해진 이유를 설명하려니 곤란해서 그런 말도 안 되는 이야기를 꾸며 냈다고 생각했다.

"그러면 어찌 연가에 연통하지 않으셨습니까? 지금 가주님께서는 막내 도련님이 사라진 일로 잠도 제대로 못 주무시고 계십니다."

"아직 알릴 수 없었네. 우리 막내가 하는 일이 있어서 말이지. 나도 계속 실종 중이네."

"네?"

"자네들을 본 건 우연이란 말일세."

백무상의 말에 연가칠도가 침을 꿀꺽 삼키며 물었다.

"무언가 무림에 안 좋은 일이라도 생긴 것입니까? 그래서 이러시는 것입니까?"

"음, 그렇기도 하고 아니기도 하고."

아리송한 대답을 하는 백무상을 보며 답답했는지 풍도가 간절한 목소리로 애원했다.

"그, 그게 무슨 말씀이십니까? 알아듣게 좀 말씀해 주십시오."

"허허, 이 사람 애가 탔구먼. 여기서 이럴 게 아니고 들어가세. 괜히 이곳에서 이야기를 나누다가 내 모습이 다른 이들에게 들키면 안 되거든."

"아, 알겠습니다."

후비적, 후비적.

영웅은 귀가 가려운지 연신 귀를 후비며 길을 걸었다.

"에이 씨, 누가 내 이야길 하나?"

누군지 짐작이 가질 않았다.

자신의 이야기를 할 사람이 최근에 엄청 늘었기 때문이다.

"이야, 그나저나 공기가 신선해서 진짜 맛있네."

영웅은 그게 심호흡을 하면서 맑은 공기를 실컷 즐겼다.

무림은 대기가 오염되지 않았기에 영웅이 살던 곳과는 차원이 다른 공기의 질을 자랑하였다.

하지만 여불강과 사운학은 그런 영웅을 이상하게 바라볼

뿐이었다.

영웅을 따라 크게 심호흡해 보았으나 아무런 맛도 느껴지지 않아 더욱 이상하다고 생각하고 있었다.

-뭐지? 뭐가 맛있다는 거지? 자네 느껴지나?

-아니, 나도 잘 모르겠네. 하지만 저분께서 그렇다면 그런 것이겠지.

사운학에게 영웅의 말은 절대적인 진리였다. 당연히 토를 다는 건 생각할 수 없었다.

여불강은 그런 사운학을 보며 고개를 절레절레 흔들었다.

"야, 배고프다. 이쯤에서 야영하기로 하자."

영웅의 말에 둘의 표정이 엄청난 보물을 발견한 것처럼 환해졌다. 어찌나 기뻐하는지 영웅이 오히려 당황했다.

"그, 그렇게 좋냐?"

영웅의 물음에 둘은 격하게 고개를 끄덕였다.

저러다가 목뼈라도 삐끗할까 봐 걱정될 정도였다.

"그, 그래, 오늘도 맛있는 것을 먹여 주지."

"가, 감사합니다!"

"흑흑! 미천한 종이 오늘도 축복을 받습니다!"

심히 과하게 기뻐했지만 여기까지 오면서 계속 봐 왔던 터라 살포시 무시하고 넘어갔다.

여불강과 사운학은 두 눈에 불을 켜고 편히 야영할 수 있는 최적의 장소를 찾기 시작했다.

조금이라도 더 빨리 찾아야 영웅이 만들어 주는 천상의 음식을 더 빠르게 맛볼 수 있기 때문이다.

욕망에 가까운 열망 덕분일까, 그들은 곧 최적의 야영 장소를 찾을 수 있었다.

그들은 재빠르게 천막을 치고 불을 지피고 음식을 할 수 있도록 완벽하게 준비를 마쳤다.

모든 준비를 마치고 다들 초롱초롱한 눈으로 영웅을 바라보았다.

그 눈빛이 무엇을 의미하는지 잘 아는 영웅은 피식 웃으며 자신의 아공간을 열었다.

언제 보아도 신기한 그 장면을 잠시 넋 놓고 바라보다가, 그 안에서 나온 음식을 보고 다시 눈이 초롱초롱해졌다.

"좋아! 오늘은 갈비찜이라는 것을 맛보여 주지."

역시나 명인이 하는 가게에서 사 온 것이다.

무려 2시간이나 줄 서서 사 온 갈비찜이었다.

사실 영웅도 여기저기 맛집을 찾아다니면서 전에는 몰랐던 먹는 즐거움을 만끽하는 중이었다.

거기에 마치 캠핑하는 듯한 분위기와 티 없이 맑고 깨끗한 천혜의 자연이 즐거움을 돋웠다.

언제나 이런 여유를 즐기고 싶었는데 이곳에서 그 소원을 이룬 것이다.

'나중에도 틈틈이 와서 이렇게 즐기고 가야겠군. 아예 캠

핑 장비를 다 갖춰서 와야겠어.'

갈비찜을 익히면서 그리 생각하는 영웅이었다.

그런 영웅과 달리, 여불강과 사운학은 갈비찜에서 흘러나오는 엄청난 냄새에 넋이 나간 상태였다.

그들의 입가에서 침이 줄줄 새고 있었는데 모르는 눈치였다.

"야…… 밥 탄다."

어찌나 정신을 놓았는지 밥이 타들어 가는데도 눈치를 못 챘다.

"헉! 죄, 죄송합니다!"

여불강이 다급하게 화산파의 금나수인 난화환영수(蘭花幻影手)를 전개해 재빨리 밥이 들어 있는 냄비를 들어 올렸다.

이런 일에 난화환영수를 쓴 것을 그의 사부가 안다면 아마 뒷골을 잡고 쓰러질 것이다.

하지만 여불강에게는 그 어떤 때보다 지금이 최대 위기였기에, 아낌없이 절기를 사용했다.

저 냄비 안에 들어 있는 밥은 그냥 밥이 아니었다. 영웅이 만들어 주는 요리를 더욱 빛나게 해 줄 소중한 보물이었다.

그렇게 밥을 구해 낸 여불강은 고개를 돌려 사운학과 눈을 마주쳤다.

사운학이 여불강에게 고개를 끄덕였다.

잘했다는 표현이었다.

그때, 영웅이 갈비찜이 들어 있는 냄비의 뚜껑이 열었다.

화악-!

간간히 풍겨 오던 냄새가 폭풍처럼 여불강과 사운학의 콧속으로 짓쳐 들었다.

"커헉!"

냄새만으로도 황홀해서 기절할 지경이었다.

간신이 이성을 붙잡고 있는 그들을 보며 영웅이 미소를 지었다. 그리고 그들이 그토록 기다리고 기다리던 그 단어를 꺼냈다.

"먹자."

"가, 감사합니다!"

"잘 먹겠습니다!"

그들은 영웅이 떠 주는 갈비찜을 받아 들고는 풍겨 오는 냄새부터 음미했다.

이 엄청난 음식을 바로 먹는 것은 죄악이나 다름없다.

"으음!"

냄새만으로도 둘은 현기증이 날 지경이었다.

세상에는 오미(五味)가 있다고 한다.

그러나 그것은 틀린 이야기였다.

냄새만으로도 이런 기분을 느끼게 해 줄 수 있다는 사실을, 그리고 그 냄새가 새로운 맛이라는 사실을 지금 깨달은 것이다.

여불강과 사운학에게는 맛이란 이제 오미가 아니라 육미(六味)로 자리 잡았다.

그렇게 냄새를 음미하던 그들이 드디어 갈비찜을 입으로 가져가 한 입 베어 물었다.

아무 말 없이 한참을 오물거리던 그들은 음식을 목구멍으로 삼키더니 눈을 번쩍 뜨며 숨을 크게 토해 냈다.

"푸하아아아!"

너무나도 맛있어서 숨 쉬는 것도 까먹었던 것이다.

"세, 세상에 이런 맛이! 음식에 고금제일이 있다면 이것일 것입니다!"

"맞습니다! 이, 이런 음식이 지상에 존재하다니!"

정말로 호응이 좋은 놈들이었다.

이런 사람들에게는 음식 대접 해 줄 맛이 난다.

영웅은 그들의 격렬한 호응에 기분 좋은 미소를 지으며 말했다.

"맛있게 먹어 주니 기분이 좋네. 많이 먹어."

"네!"

둘은 우렁차게 대답하고 이내 갈비찜에 집중하기 시작했다.

쿵-!

그때, 하늘에서 누군가가 엄청난 소리를 내며 떨어져 내렸다.

자신의 몸만 한 거대한 도를 들고, 얼굴에는 검은 수염이 사방으로 치솟아 있었다.

얼핏 보면 산 도적이라고 착각할 만한 몰골.

아니나 다를까, 사운학이 자신이 먹던 갈비찜을 아주 조심스럽게 바닥에 내려 두고는 벌떡 일어나 외쳤다.

"누구냐! 산적이더냐!"

사운학의 말에도 의문의 남자는 오로지 한곳만 노려보았다.

그의 시선이 머무는 곳은 바로 갈비찜이 있는 냄비였다.

"이, 이 냄새의 정체가 바로 그것이더냐?"

남자가 사운학의 질문을 깡그리 무시하고는 냄비를 손가락으로 가리키며 물었다.

사운학의 얼굴이 일그러졌다.

내공이 전혀 느껴지지 않는 산적 같은 놈이 자신이 모시는 위대한 분의 식사를 방해한 것으로도 모자라 자신까지 무시한 것이다.

"놈! 혼나 봐야 정신을 차리겠군!"

사운학은 다짜고짜 남자를 향해 돌격했다.

물론 영웅이 보고 있으니 크게 다치지 않는 선에서 교육할 생각이었다.

하지만 그것은 사운학의 착각이었다.

남자는 사운학의 일 권을 아주 가볍게 막더니 놀란 얼굴로 사운학을 바라보았다.

"허! 이제 약관(弱冠 : 20세)으로 보이는데 이런 수준 높은 무공을 전개하다니 제법이구나. 허허허, 맛있는 냄새를 따라왔더니 잠룡이 숨어 있었어."

사운학은 방금 한 수로 알았다.

이 남자는 절대로 평범한 사내가 아니라는 것을 말이다.

"어느 고인이십니까?"

사운학을 애 다루듯 하는 것을 본 여불강이 자신이 들고 있던 갈비찜을 세상 소중하게 조심조심 바닥에 내려놓고는 벌떡 일어나 포권을 하며 물었다.

남자는 여불강이 음식을 소중하게 대하는 것을 보며 고개를 끄덕였다.

"이 정도 냄새를 풍기는 음식이라면 그런 대접을 받을 만하지, 암!"

이어서 흥미 가득한 얼굴로 말했다.

"그나저나…… 매화신기(梅花神氣)라. 네놈은 화산의 문하로구나. 허허, 이것 참! 이런 곳에서 이런 잠룡들을 둘이나 만나다니."

남자의 말에 여불강이 화들짝 놀랐다. 기운을 감춘다고 감췄는데 자신의 본신 내력을 알아챈 것이다.

'어떻게?'

여불강이 긴장하자 남자가 웃으며 말했다.

"식사를 방해해서 미안하구나. 나는 황보강이라고 한다."

남자가 사과하며 자신을 소개하자 평생 수련만 해 온 여불강은 고개를 갸웃거렸고, 세상 정보에 빠삭한 사운학은 기겁하며 한 발자국 뒤로 물러섰다.

"패, 패력도제(敗力刀帝)!"

"껄껄껄! 오냐, 내가 바로 그 황보강이니라."

황보강의 말에 여불강과 사운학이 동시에 달려가 다시 포권을 하며 말했다.

"요, 용서해 주십시오! 저희가 고인을 알아뵙지 못하고 결례를 했습니다."

"괜찮다. 내가 황보강이라고 얼굴에 써 붙이고 다니는 것도 아니고, 모를 수도 있지. 그보다…… 배가 고파서 그러는데 저 음식을 좀 나눠 줄 수 있겠느냐?"

황보강은 자신의 정체를 밝히고도 이들을 함부로 대하지 않았다. 오히려 이들에게 양해를 구하며 음식을 부탁했다.

그 모습이 마음에 든 영웅은 미소를 지으며 고개를 끄덕이고 둘에게 전음을 보냈다.

-나에 대해선 함구해라. 특히, 운학이 너는 평소대로 공자님이라고 부르고.

-추, 충!

-네!

하지만 황보강은 바로 알아챘다. 둘이 뒤에 앉아 있는 남자의 눈치를 보았다는 것을.

'그것참, 느껴지는 내공은 형편없는데…… 왜 이들이 저리도 쩔쩔매는 것인가.'

이해가 되지 않았다.

한 놈의 정체는 잘 파악되지 않지만, 다른 한 놈은 화산의 문하가 분명했다.

거기에 매화신기를 익히고 있다는 건 화산에서 가장 아끼는 제자 중 한 명이라는 소리다.

그런 자가 눈치를 본다?

호기심이 동한 황보강은 당분간 이들과 같이 다니기로 마음먹었다. 노년에 재미난 조합을 발견한 것이다.

"음식이 아직 많이 있습니다. 이리 와서 드시지요."

영웅이 일어나 포권을 하며 권하자, 황보강은 헛기침을 한 번 하고 천천히 다가왔다.

그때, 사운학이 재빨리 나서며 설명을 덧붙였다.

"제가 모시는 공자님입니다. 부디 살펴 주시길 바라겠습니다."

황보강은 사운학의 말뜻을 바로 이해했다.

알아들었다는 표정으로 고개를 끄덕이고는 영웅에게 포권을 하며 말했다.

"허허, 식사 중에 나타난 이 불청객을 이리 맞아 주시니 감사할 따름이오. 내 나중에 반드시 사례를 하겠소."

"하하, 아닙니다. 맛있게 먹어 주시면 그것이 곧 사례입니다. 자, 자! 이러다가 음식이 다 식겠습니다. 어서 드시지요."

영웅이 다시 한번 자리를 권하며 음식이 식겠다는 말을 하자, 사운학이 냉큼 달려가 냄비에 열양지기를 불어 넣으며 음식이 식지 않게 열과 성을 다했다.

그 모습을 본 황보강은 대견하다는 듯 생각했다.

'허허, 이놈 아주 제대로구나. 주인을 모시는 자세가 아주 제대로 되어 있어. 볼수록 마음에 드는 놈이로고.'

물론 오해다.

사운학은 이 천상의 음식이 식어서 제맛을 잃을까 봐 겁이 났던 것이고, 자신도 모르게 무의식적으로 행동한 것이다.

황보강은 자리에 앉아 영웅이 떠 준 갈비찜을 입으로 가져갔다.

이곳으로 오는 동안 맡았던 사람 환장하게 만드는 냄새의 정체를 드디어 확인하는 순간이었다.

"흡!"

베어 물자마자 엄청 놀란 얼굴로 눈을 동그랗게 뜨는 황보강이었다.

그러더니 정신없이 고기를 씹으며 밥을 우걱우걱 집어넣었다.

그 모습을 본 영웅이 미소 지으며 말했다.

"우리도 먹자."

"네!"

잠시 후.

남은 국물에 밥까지 비벼서 싹싹 긁어 먹은 네 사람은 배를 두드리며 행복한 포만감에 빠져 있었다.

한쪽에서는 차를 우리고 있었다.

"허허허, 내 이날까지 살면서 먹어 본 음식 중에서 손에 꼽힐 만한 음식이었소. 고맙소, 공자."

"하하, 아닙니다. 맛있게 드셔 주시니 소생이 오히려 감사합니다. 제가 무림에 대해 많은 것을 알지는 못하지만, 혹시 삼제 중 하나인 패력도제가 맞으신지요?"

"허허, 맞소이다. 부끄럽지만 무림 동도들이 이 늙은이를 그렇게 불러 주고 있다오. 실례가 안 된다면 공자의 본가에 대해서 알 수 있겠소?"

"죄송합니다. 지금은 말씀드릴 형편이 아니라서……."

무언가 곤란한 상황에 처한 것 같았다.

황보강은 이들이 마음에 들었다.

그래서 그 곤란한 상황을 해결해 주기로 마음먹었다. 겸사겸사 이 재미난 조합을 따라다니고 말이다.

"맛있는 것을 먹은 보답으로 공자가 가는 목적지까지 내 호위해 드리리다."

자신의 가슴을 두드리며 말하는 황보강을 보며 영웅은 잠시 생각했다.

그러다가 이것도 인연이다 싶어서 그냥 받아들이기로 했다.

어차피 싫다고 해도 몰래 쫓아올 기세가 느껴지기도 했고.

파천회에 관한 것만 끝내면 이제 이곳을 떠나야 하는데 자꾸 인연이 늘어나고 있었다.

'뭐, 가면 아주 못 오는 동네도 아니고 괜찮겠지.'

그냥 편하게 생각하기로 했다.

이곳을 떠나도 생각날 때마다 보러 올 생각이었으니까.

"그러니까 내가 알려 준다니까 그러네."

"하아, 아닙니다. 저는 별로 마음이 없습니다."

"허어! 이보시게, 공자. 이 험한 세상에서 제 몸 하나 지킬 무공이 있으면 얼마나 유용하겠는가. 그러지 말고 한번 배워 보시게. 어렵지 않다니까?"

벌써 며칠째 지치지도 않는지 영웅에게 연신 무공을 권하는 황보강이었다.

이유는 별것 없었다.

그저 영웅이 마음에 들었을 뿐이다.

물론, 끼니때마다 만들어 주는 환상적인 음식도 한몫하기는 했다.

아무튼, 자신을 좋게 봐서 저렇게 권하는 것이니 뭐라 하지도 못하고 그저 웃으며 얼렁뚱땅 넘기는 영웅이었다.

그 모습을 뒤에서 지켜보는 여불강과 사운학은 어이가 없는 표정이었다.

—지치지도 않으사나 봐.

사운학의 전음에 여불강이 고개를 끄덕였다.

—저분에게 무공을 권하다니……. 저분은 아실까, 자신을 한 방에 제압할 분이 바로 앞에 있다는 사실을?

—알 리가 없지. 그러니 저러는 거잖아. 그래도 다행이다. 주군께서 저분을 좋게 보신 듯해.

—내 말이…… 휴, 울 사부였음 벌써 한판 뜨자고 난리를 부리셨을 거다.

영웅에게 무공이라니.

물론 무공을 익히고 있었다.

내공도 지니고 있었다. 비록 20년에서 오락가락하는 내공이었지만 그래도 지니고 있었다.

왜 그 정도밖에 없냐고 물었는데, 아무리 영약을 먹고 운기를 해도 더 이상 늘지 않는다고 했다.

그런데 그 20년 내공의 위력이 상상을 초월했다.

영웅이 지닌 20년 내공은 다른 이들의 20갑자 내공보다 더 강했다.

황보강 역시 영웅의 몸속에 있는 내공을 느꼈다.

20년 내공에 불쌍한 표정을 짓곤 지치지도 않고 계속해서 무공을 권했다.

"자네가 몰라서 그러지, 이래 봬도 내가 가르쳐 주겠다고 하면 배우려는 사람들로 수십 리 밖까지 줄이 세워질 걸세."

황보강은 답답했는지 여불강과 사운학에게 도움을 요청했다.

"자네들이 말해 보게. 내 말이 틀렸는가?"

황보강이 무공 전수를 해 주겠다고 하면 수십 리가 뭔가, 아마 수백 리까지 줄을 설 것이다.

"그렇죠. 도제 어르신께서 친히 가르침을 내리신다는데 어느 무인이 그것을 거부하겠습니까? 모르긴 몰라도 다른 삼제분들께서도 줄을 서실 겁니다."

다른 삼제들도 줄을 설 것이라는 말에 황보강이 여불강을 보며 크게 웃었다.

"크하하하하! 이 사람이, 내 얼굴에 금칠을 하는구먼, 하하하!"

그러고는 무언가 생각이 났는지 말을 이었다.

"수련에 미쳐서 폐관만 하는 괴짜라 들었는데, 이제 보니 다 헛소문이었군. 폐관만 했다는 사람치고는 말솜씨가 아주 제법이야."

"과찬이십니다. 도제 어르신을 보고 있으니 저절로 존경심이 우러나와서 저도 모르게 입 밖으로 내뱉고 말았습니다."

"껄껄껄! 현재양에게 이렇게 재미난 제자가 있을 줄이야."

여불강의 아부에 흠뻑 넘어가 조금 전까지 하던 일을 까먹은 황보강이었다.

이곳으로 오는 동안 여불강이 누구의 제자인지 다 들었다.

하지만 사운학은 영웅과 마찬가지로 자신의 사문을 밝히지 않았고, 영웅은 무공을 배우려 하지 않으니 내심 답답했다.

그러던 차에 이렇게 아부를 들으니 정말 기분이 날아갈 것 같았다.

이내 정신을 차린 황보강이 다시 진중한 표정으로 영웅을 바라보며 설득을 시작하려던 그때였다.

황보강뿐 아니라 사운학과 여불강의 고개가 한곳으로 돌아갔다.

"살기다."

황보강의 말에 사운학과 여불강이 고개를 끄덕였다.

"공자는 이곳에 있게. 나는 저 잡스러운 살기를 내뿜는 무리로부터 도망가는 자들을 구해 오겠네."

황보강의 눈에는 정의가 가득했다.

"네, 그러십시오."

영웅의 말에 황보강은 고개를 끄덕이고는 살기가 흘러오는 방향으로 몸을 날렸다.

그 뒤를 여불강과 사운학이 따랐다.

약간의 시간을 두고 영웅 역시 그들의 뒤를 천천히 산보하

듯 쫓았다.

오는 내내 자신을 들들 볶았던 황보강이 사라지니 세상 평안함을 느끼고 있는 영웅이었다.

그 순간 뒤에서 음산한 목소리가 들려왔다.

"크크큭, 황보강 그 늙은이도 나의 은신술을 간파하진 못하는군. 쭉 지켜보았다. 황보강 그 늙은이가 네놈을 꽤 아끼는 것 같더구나."

4장

넝마 같은 옷으로 얼굴과 몸을 가린 괴인이 갑자기 뒤에서 나타나 영웅을 가리키며, 무엇이 그렇게 즐거운지 연신 기분 나쁜 웃음소리를 내었다.

'뭐지? 저렇게 무공이 약한 놈은 나를 보자마자 바지에 오줌을 지리거나 정신이 나가서 어버버해야 정상인데?'

하지만 영웅은 시큰둥한 표정으로 그의 위아래를 훑어보고 있었다.

처음 겪는 신선한 반응에 괴인은 잠시 말을 잃었다.

"허, 지금 사태 파악이 되지 않는 모양이구나?"

괴인이 어이없다는 표정으로 영웅을 요리조리 살펴보며 중얼거렸다.

"담력이 강해서 저 노인네가 마음에 들어한 건가?"

그때, 영웅이 귀찮음이 가득한 목소리로 말했다.

"대충 다 봤으면 무슨 일인지 설명 좀 해 줄래? 너는 모르겠지만 이건 네 인생에서 가장 중요한 순간이라는 것을 명심하고."

다시 벙찐 표정으로 영웅을 바라보다가 주변을 둘러봤다.

무언가 믿는 구석이 있지 않고서야 이렇게 당당할 리 없었으니까.

하지만 아무리 둘러봐도 주변에는 아무도 없었다.

"뭐지? 제정신이 아닌가?"

급기야 정신이 이상한 놈이란 생각이 들었다.

괴인이 갑자기 얼굴을 가리고 있던 두건을 벗어 던졌다.

그러자 흉측한 얼굴이 모습을 드러냈다.

대부분 자신의 얼굴을 보자마자 공포에 질려 도망치거나 비명을 질렀다.

그런데 눈앞의 놈은 여전히 시큰둥한 표정을 유지하고 있었다. 심지어 지루한지 하품까지 했다.

그런 영웅의 모습이 괴인에게 감동으로 다가왔다.

처음이었다.

자신의 본얼굴을 보고도 놀라지 않고 평소 대하듯이 대하는 사람은 말이다. 심지어 얼굴에서 나는 악취에도 그의 표정은 변함이 없었다.

괴인은 영웅이 마음에 들었다.

사실 괴인의 얼굴은 썩고 있었다. 어려서부터 얼굴이 일그러지고 여기저기 염증 같은 것들이 생기기 시작하더니, 성인이 된 뒤부터는 결국 썩어 들어가기 시작했다.

괴인의 인생은 지옥이었다.

얼굴을 고치기 위해 그동안 들인 노력이 얼마나 엄청났는지 사람들은 모를 것이다.

최후의 희망은 몸 전체를 싹 다 바꾸는 환골탈태뿐이었는데, 그 경지까지 가는 길은 멀고도 험했다.

그러니 영웅의 모습에 감동하는 것도 무리는 아니었다.

“이래서 황보강 그 늙은이가 네놈에게 목을 매었구나. 이제야 알겠다, 네놈의 매력을.”

괴인은 생각을 수정했다.

이놈은 잘 구슬려서 자신이 데려가기로 말이다.

자신을 평범한 사람처럼 보는 유일한 사람을 이대로 죽이고 싶진 않았다.

아니, 절대 죽일 수 없었다.

자신이 얼마나 바라던 얼굴이란 말인가.

“세상 사람들은 나를 파천명왕이라 부른다. 어떠냐, 황보강 그 늙은이보다 나를 따라가는 것이. 내 너를 중원 최강의 무인으로 만들어 주마.”

파천명왕(破韆命王) 호갈천.

항상 넝마 같은 옷으로 가려진 그의 본모습을 본 자는 명부의 왕을 만나게 된다는 소문 때문에 저런 별호가 생겼다.

거기에 무공 또한 강해서 왕의 칭호까지 붙은 것이다.

그의 무공은 정말로 강했다.

십이지왕 중에서도 최상위권에 속해 있을 정도였다.

"아니다. 너는 무조건 나랑 같이 가야 한다. 나는 너를 절대로 놔주지 않을 것이다!"

호갈천은 영웅을 마치 보물 보듯 하며 말했다.

그 모습에 살짝 소름이 돋은 영웅이 한숨을 쉬었다.

"일단 내가 궁금한 것이 있어서 질문할 건데…… 대답을 안 하면 내가 너를 때릴 거거든? 그런데 얼굴이 많이 안 좋아 보이니 얼굴은 때리지 않을게."

영웅의 말에도 호갈천은 아무런 신경을 쓰지 않고 연신 즐거워했다.

"너의 집 나간 정신도 내가 돌아오게 만들어 주마. 내가 왜 이곳에 왔는지 아느냐? 누군가 이번 일을 해 주면 내 얼굴의 천형을 없애 주겠다고 했다. 그라면 너의 정신도 되돌려 줄 수 있겠지, 크크."

상대는 영웅을 완전히 정신 나간 놈이라고 생각하고 있었다. 그러니 영웅이 뭔 말을 해도 전혀 귀담아듣지 않고 그저 그러려니 하고 넘기는 것이다.

하지만 그 생각은 순식간에 바뀌었다.

퍼억-!

"크흡……?"

호갈천은 복부에서 느껴지는 갑작스러운 고통에 고개를 내렸다.

그곳에는 조금 전까지 자신이 데려가려고 했던 영웅의 주먹이 꽂혀 있었다.

그저 눈으로 확인했을 뿐인데 고통이 복부에서부터 머리로 올라오기 시작했다.

"끄으윽!"

한 방이었다.

단 한 방에 사람이 이렇게까지 고통스러울 수 있다는 것을 처음 깨달은 호갈천이었다.

숨도 못 쉬고 꺽꺽거리는 호갈천에게 영웅이 웃으며 말했다.

"그래도 나에게 호감을 표시했으니 심하게는 안 할게. 몇 대 맞고 나서 우리 다시 이야기해 보자."

심하게 하지 않는다니?

지금 숨넘어가려는 자신의 모습이 보이지 않는단 말인가?

호갈천은 경악하며 영웅을 보았다.

분명히 내공도 형편없고, 근골도 평범하기 그지없는 일반인이었다.

부잣집 도련님이라 생각하고 저놈을 이용해서 도제를 꾀어내려 한 것인데 커다란 오산이었다.

제아무리 패력도제라도 자신을 이렇게 일격에 무력화시킬 수는 없었다.

호갈천은 서둘러 내공을 모아 보려 애를 썼지만 아무리 용을 써도 내공이 모이지 않았다.

그 이유는 영웅이 친절하게 설명해 주었다.

"왜, 내공이 모이지 않아서? 그거 모이게 해 주면 지랄 발광을 하더라고. 일일이 대응해 주기도 귀찮고 해서 막아 두었어. 그러니 당황하지 말고."

당황하지 말라니?

남의 내공을 어찌 허락도 없이 마음대로 막는단 말인가!

이건 말도 되지 않는 일이라고 항의하려던 찰나였다.

영웅의 몸에서 말도 되지 않는 기세가 뿜어져 나왔다.

"어때? 이제 좀 고수 같아 보이나?"

고수 같아 보이냐고?

미친! 저건 사기였다.

호갈천이 지금까지 살면서 본 그 어떤 고수도 저런 엄청난 기세를 뿜어내진 못했다.

"괴, 괴물……."

너무 놀란 나머지 호갈천은 자신도 모르게 중얼거렸다.

"응, 알아."

영웅이 씨익 웃으며 다시 주먹을 말아 쥐었고, 그것을 본 호갈천이 재빨리 외쳤다.

"자, 잠깐!"

"시간 없어. 일단 맞고 이야기하자."

"무, 무엇이든 다 물어봐라! 다 대답해 주겠다!"

호갈천은 손을 뻗어 영웅이 다가오는 것을 막고는 다급하게 외쳤다.

내공이 막힌 데다 자신은 절대로 상대할 수 없는 괴물임을 깨닫는 순간 호갈천의 모든 것은 생존을 위한 몸부림으로 전환되었다.

"그럼 일단 들어 볼까?"

영웅이 살포시 주먹을 풀며 말하자 호갈천이 재빨리 고개를 끄덕였다.

"저 뒤에서 살기를 풀풀 날리던 놈들은 네 동료?"

"아, 아니다. 하지만 나와 같이 온 건 맞다. 살기를 뿜으라고 한 건 내가 시킨 것이고."

"그 이유는?"

"너, 너를 잡기 위함이다. 나는 무공도 강하지만 은신술 역시 대가를 이루었다. 중원 그 누구도 나의 은신술을 간파하지 못한다. 사실 오는 내내 너희를 지켜보았다. 그리고 도제 그 늙은이가 너를 애지중지하는 것을 보고, 너를 이용해 도제를 특정 장소로 유인하려 했다."

아주 줄줄이 상세하게 설명하는 호갈천이었다.

"그러고 보니…… 아까 이 일을 하면 너의 얼굴을 고쳐 주겠다고 한 이가 있다고 했지?"

"그, 그렇다."

호갈천의 말에 영웅은 그의 얼굴을 더욱더 유심히 살펴보았다.

"흐음, 이걸 고친다고? 그 말을 믿어?"

호갈천의 얼굴은 말 그대로 심각했다. 아마 현실에 존재하는 천재 성형외과 의사들이라도 고개를 절레절레 내저을 것이다.

뛰어난 치료제와 각종 시술이 즐비한 현대에서도 힘든 치료를 이 시대의 사람이 한다?

말도 되지 않는 이야기였다.

호갈천이 슬픈 눈으로 그 말에 대답했다.

"너는 모른다……. 이 얼굴로 살아야 하는 괴로움을 말이다. 나는 태어나서 단 한 번도 평범하게 말을 섞어 보지 못했다. 심지어…… 단 한 번도 여자와 대화해 본 적도 없다."

단 한 번도 여자와 대화해 본 적이 없다는 호갈천의 말에 영웅은 자신도 모르게 울컥했다.

이제 보니 세상 불쌍한 사람이었다.

그런 이를 때린 자신을 욕하는 영웅이었다.

영웅은 호갈천에게 말했다.

"치료해 주면 너는 날 위해 뭘 해 줄래?"

영웅의 말에 호갈천이 고름이 가득한 눈꺼풀을 간신히 치켜올리며 말했다.

"나, 날 놀리지 마라!"

영웅은 그 모습에 피식 웃었다.

"아니, 그놈의 말은 믿고 너를 이렇게 한 방에 제압한 내 말은 왜 믿지 못해? 게다가 내가 너한테 거짓말해서 무슨 부귀영화를 얻는다고."

생각해 보니 맞는 말이었다.

자신을 한 방에 제압한 강자가 자신을 속이고 놀릴 이유가 없었다.

호갈천은 천천히 다시 고개를 들어 영웅을 바라보았다. 정확히는 영웅의 눈을 보았다.

한 점 흔들림 없는 맑은 눈을 보니 그가 장난으로 하는 소리가 아님을 깨달았다.

호갈천의 눈이 세차게 흔들리기 시작했다.

"저, 정말인가? 저, 정말로 내, 내 얼굴을 고쳐 줄 수 있는가?"

호갈천의 눈에는 이미 눈물이 고여 있었다.

"그렇다면 내, 내가 줄 수 있는 것은 그것이 무엇이든지 주겠네. 무엇을 원하든지 말일세. 나의 무공, 나의 재산, 그 어떤 것을 원하든 줄 것이네."

점점 애원하는 말투로 바뀌며 이미 영웅을 향해 무릎을 꿇고 있었다.

"제발…… 정말로 치료할 수 있다면 제발……. 이렇게 빈다. 아니…… 빌겠습니다."

호갈천은 닭똥 같은 눈물을 흘리며 영웅에게 간절하게 빌기 시작했다.

첫인상이 좀 그래서 그렇지 심성이 나빠 보이진 않았다.

영웅은 미소를 지으며 말했다.

"좋아. 뭘 받을지는 천천히 생각해 보고, 일단 치료는 해 주지."

영웅의 말에 호갈천이 고개를 번쩍 들었다.

"저, 정말입니까? 무, 무엇을 구해 오면 됩니까? 마, 말만 하십시오!"

호갈천은 당장이라도 온 산을 뒤져서 찾아올 기세였다.

"아니, 필요 없어. 시간이 많이 걸리는 것도 아니고."

"그게 무슨?"

이해가 되지 않았다.

자신의 얼굴을 치유하는 데 시간이 많이 걸리지 않는다니.

순식간에 자신의 얼굴을 치유할 수 있는 자가 있다면 그는 신일 것이다.

"리스토어."

화악-!

영웅이 손을 뻗어 리스토어를 외치자 호갈천의 온몸을 영웅의 신성한 기운이 감싸 안았다.

신성한 기운은 호갈천의 몸 이곳저곳을 원상태로 돌려놓기 시작했다.

호갈천은 태어나서 처음으로 상쾌함을 느꼈다.

온몸에서 올라오던 욱신거림도, 얼굴에서 언제나 느껴지던 불로 지지는 것 같은 고통도 모두 사라지고 상쾌함만이 그의 몸을 감싸고 있었다.

"아아아."

기분이 너무도 좋은 나머지 호갈천의 입에서는 황홀한 신음이 흘러나왔다.

그 시간은 순식간에 지나갔다.

하지만 호갈천은 그 행복감에 빠진 채 아직도 헤어 나오지 못하고 있었다.

"정신 차려. 다 되었다."

영웅의 말에 호갈천이 눈을 번쩍 뜨며 정신을 차렸다.

그리고 영웅을 바라보았다.

영웅은 그런 호갈천에게 고개를 끄덕이며 웃어 주었다.

호갈천이 천천히 손을 들어 자신의 얼굴을 어루만졌다.

언제나 손을 대면 느껴지던 고름이 만져지지 않았다. 태어나서 처음 느껴 보는 매끈한 피부가 그의 손가락 끝에서 느껴지고 있었다.

얼굴 이곳저곳을 매만지던 호갈천은 이내 옷을 벗어 던지고 자신의 몸을 바라보았다.

언제나 흑빛을 띠고 여기저기서 고름이 흘러나오던 몸은 사라지고 정말로 백옥 같은 피부가 그의 눈에 들어왔다.

"어때, 이제 내 말 믿겠어?"

영웅의 말에 호갈천이 고개를 들어 그를 바라보았다.

그리고 자리에서 주저앉더니 대성통곡을 하기 시작했다.

"엉엉엉엉!"

갑작스러운 대성통곡에 당황한 영웅이 말했다.

"아, 아니, 왜? 마음에 안 들어?"

영웅의 말에 호갈천은 고개를 세차게 저으며 울먹거리는 소리로 말했다.

"이, 이것이 꾸, 꿈은 아니겠지요?"

호갈천의 말에 영웅은 고개를 끄덕였다.

"꿈 아니지. 그나저나 얼굴 치료하니까 정말 잘생겼네."

얼굴이 고름으로 뒤덮여 있을 때는 정말 괴물같이 보였는데, 그것이 사라진 그의 얼굴은 정말로 잘생겼다.

"제가요? 제가 자, 잘생겼다고요?"

"응, 여자들이 난리가 나겠어."

"그, 그런……."

호갈천의 눈은 연신 떨리고 있었다.

"제, 제가 여자랑 대화를 할 수 있다는 말입니까?"

"대화뿐이겠어? 손도 잡고 연애도 하고 결혼도 하고 다 할 수 있지."

영웅의 말에 호갈천의 눈이 더 세차게 흔들렸다.

그리고 다시 대성통곡을 하기 시작했다.

아까와는 달리 영웅은 호갈천을 말리지 않고 가만히 놔두었다. 수십 년을 묵혀 두었던 한을 푸는 중이니까.

그렇게 한참 동안 울던 호갈천이 울음을 그치고 눈물범벅이 된 얼굴로 영웅을 바라보았다. 이내 벌떡 일어서서 아주 경건한 자세로 영웅을 향해 큰절을 올렸다.

"이 호갈천! 오늘 인생에 있어서 가장 큰 소망을 이루었습니다. 진심으로 감사드립니다!"

"그래, 그동안 못 해 본 것들 많잖아. 이제 마음껏 즐겨. 당당하게 거리도 걸어 보고, 그 칙칙한 넝마는 이제 버리고 멋진 경장으로 갈아입어."

"그것은 나중에…… 나중에 하겠습니다! 나의 주인이시여."

"응?"

"이 미천한 저의 소원을 들어주기 위해 직접 천계에서 강림해 주시다니……. 언제나 하늘에 대고 주인님을 욕하였으니, 이놈 이렇게 잘못을 비옵니다! 그리고 이 종놈이 이제야 주인에게 인사를 올리옵니다!"

"아니, 그런 거 안 바라니까 그냥 너 편한 인생을 살라고."

영웅은 연신 호갈천이 하는 말을 거부하며 네 인생을 살라고 권했다.

하지만 호갈천은 그런 영웅의 태도에 더욱 감동할 뿐이었다.

원하지 않았지만, 중원에 또 한 명의 광신도가 탄생하는 순간이었다.

괴인을 쫓아간 일행을 기다리면서 영웅은 그곳에 자리를 잡았다.

호갈천은 그런 영웅을 위해 정성을 다해 야영지를 만들었다.

그리고 영웅의 앞에 부복을 한 채 영웅의 질문에 아주 성심성의껏 대답하고 있었다.

"그러니까 너를 이곳으로 보낸 이가 정확하게 누구인지는 모른다?"

"그렇습니다. 다만 그가 보낸 서신에는 치료를 어찌할 것인지가 대략적으로 나와 있었습니다. 저는 그것을 들고 근처 유명 의원들을 찾았고, 그들은 혁신적인 치료법이라며 오히려 저에게 이 서신을 보낸 자를 소개해 달라고 매달리더군요."

"그래서 믿음이 간 것이군."

"그렇습니다. 의원들마저 놀라며 배우고 싶어 하는 치료법이었습니다."

호갈천의 말에 영웅이 고개를 끄덕였다.

평생을 갈망했던 치료가 현실이 될지도 모르는데 무슨 일이든 그게 대수겠는가.

호갈천에게는 단순한 의뢰가 아닌 인생이 걸린 중요한 일었다.

"그럼 패력도제를 잡으면 따로 연락하기로 했나?"

"네. 그를 제압하거나 그에게 돌이킬 수 없는 상처를 입히는 것에 성공하면 연락을 주기로 했습니다."

"너보다 강하다며?"

"네, 그는 저보다 강합니다. 괴물이지요. 삼제는 정말 괴물들입니다. 하지만 저에겐 최강의 은신술이 있지요. 보시지 않았습니까, 저 괴물도 저를 못 찾은 것을."

사실 영웅도 호갈천이 뒤에서 나타났을 때 살짝 놀랐다.

비록 주변을 전혀 신경 쓰지 않고 다닌다지만 이렇게 지근거리에 있었는데도 전혀 눈치를 못 챘으니 말이다.

물론 영웅이 마음먹고 자신의 힘을 사방에 뿌린다면 무조건 잡았을 것이다.

그런 귀찮은 짓을 하지 않는 이유는 굳이 그렇게까지 할 필요가 없기 때문이다.

게다가 그렇게 두어야 몰래 다가온 암살자로 인해 가끔가다가 깜짝 놀라기도 하고 그럴 것 아닌가.

어차피 가까이 접근한다고 해서 자신을 어찌할 수 있는 건 아니니까 유희 이상의 의미는 없었다.

"흐음, 그럼 너를 따라온 괴인들은 그의 수하인가?"

"그건 잘 모르겠습니다. 그들도 저처럼 의뢰를 받은 것인지, 아니면 그가 저를 감시할 겸 보낸 직속 수하들인지. 한 가지 확실한 것은 그들의 무공이 무척 뛰어나다는 점이었습니다."

"그래? 어느 정도나 되는데?"

"무림 백대고수 수준의 무공을 보유하고 있습니다. 그 정도면 도제가 저리 쫓아간대도 얼마든지 도망갈 수 있는 수준입니다."

"그래서 도제가 이렇게 안 돌아오는 것인가?"

영웅은 정말 재밌다는 표정으로 호갈천과 이야기를 이어갔다.

"파천회라고 들어 봤어?"

영웅의 질문에 호갈천이 고개를 갸웃거렸다.

"파천회? 파천회라…… 아! 저와 같이 온 괴인들이 자신들끼리 속닥거리면서 파천이 어쩌고 하는 것을 들은 기억이 있습니다. 하늘을 파괴한다고 해서 의아했었습니다."

그 말에 영웅의 눈이 반짝였다. 맨땅에 헤딩해야 할 판이었는데 의외로 연결 고리를 찾았다.

"그래? 그럼 너에게 의뢰한 놈을 잡으면 조금 더 명확해지겠군."

"네?"

"아무래도 너에게 이 일을 의뢰한 놈이 내가 찾는 놈인 것 같아서 말이지."

"……무슨 일로 찾으시는지?"

호갈천이 조심스럽게 묻자 영웅이 사악한 미소를 지으면서 답해 주었다.

"원수. 나를 이토록 고생하게 만든 원흉. 반드시 잡아서 쥐어 패야 직성이 풀릴 것 같은 놈!"

영웅이 이를 갈면서 말하자 호갈천은 몸을 부르르 떨었다.

"소, 소인이 최선을 다해 주인님의 원수를 찾는 걸 돕겠습니다."

그리 말하며 호갈천이 고개를 숙이자, 영웅은 그를 보며 미소 지었다.

괴인들을 쫓다가 놓쳤는지 씩씩거리면서 돌아오던 패력도제 황보강과 여불강, 사운학이 호갈천을 동시에 바라보았다.

"이놈은 뭐냐?"

황보강이 거친 숨을 고르더니 물었다.

"아, 또 다른 하인인데 저를 찾아 이곳까지 왔더군요. 그래서 같이 있는 것입니다."

"허허, 주인을 찾아 여기까지 온 것이냐? 기특한 놈일세."

황보강은 호갈천을 전혀 알아보지 못했다.

당연한 일이었다.

황보강이 알고 있는 파천명왕의 모습은 저런 미남자가 아니었으니까.

거기에 호갈천은 현재 자신의 내력을 철저하게 감춘 상태였다.

은신에 있어서 가장 중요한 게 몸의 기척을 감추는 것이었으니 그 정도는 그에게 쉬운 일이었다.

"그것참, 하인이나 하기엔 아까운 얼굴이로구나."

호갈천의 얼굴을 보고 황보강이 너털웃음을 지으며 말했다.

난생처음 타인에게 외모로 칭찬받은 호갈천은 다시 눈물을 글썽거렸다.

그 모습에 황보강이 살짝 당황하며 말했다.

"미, 미안하구나. 무언가 사정이 있을 터인데…… 내가 주책없이 아픈 곳을 찌른 모양이야."

황보강은 재빨리 호갈천에게 사과했다.

하지만 호갈천은 그런 황보강에게 포권을 하며 오히려 감사 인사를 했다.

"저를 그리 봐 주시니 감사합니다. 다른 이에게 그런 칭찬을 들으니 감격스러워서 저도 모르게 울컥했습니다. 대협의 잘못이 아니니 사과는 당치도 않습니다."

호갈천의 모습에는 하인에게서 볼 수 없는 무언가가 있었다.

황보강이 고개를 연신 갸웃거리며 물었다.

"허…… 너 정말 하인 맞느냐?"

"네! 저는 주인님의 영원한 종이 맞습니다."

그리 대답하는 호갈천의 눈에서는 충성심이 묻어 나오고 있었다.

"거참, 이쯤 되니 오히려 네놈의 정체가 궁금해지는구나. 저기 저놈도 무공이 엄청 뛰어난데, 이런 인재까지 너에게 매달리다니."

황보강이 시선을 영웅에게 돌리며 말하자, 영웅이 미소를 지으며 답했다.

"과분한 복이지요. 사실 저도 잘 모르겠습니다, 왜 저들이 저를 따르는지."

영웅의 솔직한 심정이었지만, 둘의 반응은 격렬했다.

"고, 공자님! 그게 무슨 말씀이십니까! 과분한 복이라니요! 오히려 제가 공자님을 모실 수 있는 큰 영광을 얻었으니

복을 받은 것입니다!"

"저도 그렇습니다! 저도 주인님을 모시게 된 게 제 인생에서 가장 큰 복이라고 생각합니다!"

사운학과 호갈천이 구구절절 울먹이는 목소리로 말했다.

그 모습에 영웅은 고개를 절레절레 흔들었고, 황보강은 더욱더 영웅이 맘에 들었다.

'저런 충성심이라니. 저들이 말하는 투로 보아 절대로 강압에 의한 충성이 아니다. 진심으로 저놈에게 승복해서 따르는 것이다. 허허, 대단한 놈이로고.'

영웅은 자신을 뚫어지게 바라보는 황보강의 눈빛에 찝찝함을 느꼈다.

'뭔가 위험한 눈빛인데…….'

여기서 더 귀찮게 한다면 그냥 멀리 도망을 가든가, 아니면 남자 대 남자로 살짝 대화해야겠다고 생각했다.

한편, 황보강은 영웅을 자신의 편으로 만들 방법을 생각하고 있었다.

'혜아가 올해 몇이더라? 연이가 더 나으려나?'

그 가장 좋은 방법은 바로 자신의 손녀와 짝을 지어 주는 것이었다.

황보강의 머릿속으로 손녀들의 신상이 끊임없이 올라왔다 사라지기를 반복했다.

“실패? 파천명왕이 사라져? 행방불명이라고?”

“그렇습니다! 저희가 그를 유인하는 동안 할 일이 있다고 했는데, 결국 약속한 장소에 나타나지 않았습니다. 그 탓에 그 괴물에게 잡혀서 죽을 뻔했습니다.”

“허어…… 그럴 리가 있나. 그자는 자신의 천형을 치료하기 위해 무엇이든 할 각오가 되어 있는 사내인데?”

고풍스러운 방 안에서 대화가 오가고 있었다.

중앙에 있는 푹신해 보이는 의자에서 인자한 얼굴을 한 중년인이 부채를 펼쳐 들고 살살 부치며 이들의 이야기를 듣고 있었다.

그의 앞에는 복면한 괴인들이 부복을 한 채 무언가를 보고했다.

“……뭘까? 이번 일에 가장 적합하면서 확실한 패였는데? 어디서부터 잘못된 거지?”

인상을 찡그리며 고심하는 사내.

그의 이름은 제갈천.

제갈세가를 역대급으로 부흥시킨 입지적인 인물이었다.

그가 있는 이곳은 제갈세가 본가였고, 복면을 쓴 이들은 제갈천이 심혈을 기울여 키워 낸 제갈세가의 정예였다.

“어찌할까요?”

다음 명령을 기다리는 이들에게 제갈천이 부채를 접으며 말했다.

“일단 상황 파악이 먼저이니 물러가 쉬고 있거라. 며칠 더 두고 보다가 연락이 오지 않는다면 그때 다시 방법을 구해 보자꾸나.”

“알겠습니다!”

수하들을 모두 물리고 난 뒤에 제갈천의 표정이 급격하게 변하기 시작했다.

“으드득! 빌어먹을 문둥이 새끼가 배신을 한 건가? 아니면…… 뭔가 다른 수작을 벌이는 것인가?”

방금 전 수하들과 대화할 때와는 전혀 다른 표정을 지으며 자신의 손에 들려 있는 부채를 으스러뜨렸다.

“제갈이 세상을 지배하려면 중원을 지배하고 있는 세 개의 하늘을 무너뜨려야 한다. 파천! 반드시 그래야만 한다.”

파천(破天).

영웅이 그토록 찾아 헤매던 그 이름이 제갈천의 입에서 흘러나왔다.

“그리고 제갈세가가 세상을 지배할 때, 비로소 마음 편히 내가 살던 곳으로 돌아갈 방법을 찾을 수 있겠지.”

제갈세가가 아닌 어딘가를 그리워하며 연신 중얼거렸다.

“반드시 돌아가야 한다. 하아…… 현이 그놈은 잘 지내고 있을지…… 내가 없는 세가는 잘 돌아가고 있을지 너무 걱정

되는구나."

그리움 가득한 얼굴로 잠시 한탄하다가 다시 돌변해 분노를 토해 냈다.

"이 빌어먹을 세상! 세상을 뒤집어서 아주 혼란의 도가니로 만들어 줄까?"

감정의 기복이 심한지 연신 분노했다가 우울했다가를 반복하는 그였다.

"그래도 반드시 돌아가고 말겠다. 그래! 할 수 있다! 반드시 찾고야 말겠다! 어딘가에 있을 빌어먹을 웜홀을……."

그러면서 품속에서 웜홀 근처에 가면 빛을 발하는 아이템을 꺼내어 지그시 바라보았다.

한참을 뚫어지게 보다가 다시 품 안에 넣고 의지를 다지기 시작했다.

"그래, 나는 할 수 있다. 반드시……."

호갈천은 연신 주변을 둘러보며 누군가를 기다리고 있었다.

하지만 기다린 지 한참의 시간이 지났음에도 어느 누구도 모습을 드러내지 않았다.

그런 호갈천의 머릿속으로 영웅의 목소리가 들려왔다.

－뭐야, 왜 아무도 안 와? 여기가 확실해?

영웅의 말에 호갈천이 난감한 표정으로 답했다.

－글쎄요. 분명히 여기가 맞고 표식도 맞는데 왜 나타나질 않는지…….

－너 모습 변한 것 때문에 안 오는 거 아냐?

－아…….

자신의 모습이 변한 걸 생각하지 않았던 것이다.

모습이 변하자마자 넝마 같은 옷을 그 자리에서 삼매진화로 태워 버린 호갈천은 평소에 입던 누더기 옷이 아닌 수수하지만 고풍스러운 경장을 입고 있었다.

얼핏 보면 귀공자처럼 보이기까지 했으니, 접선하기로 한 괴인들이 그를 보고 함정이라 생각해도 이상하지 않았다.

그리고 그게 정답이었다.

괴인들은 호갈천에게 연락을 받고 다급하게 이곳으로 향했었다.

근처에 도착하자마자 천리경을 이용해서 접선 장소부터 확인했는데, 웬 귀공자가 주변을 두리번거리며 자신들의 표식을 들고 있는 것이 아닌가.

혹시나 주변에 파천명왕이 있나 둘러보았지만 누더기를 두른 사람은 보이지 않았다.

그것을 확인하자마자 그들은 조금의 머뭇거림도 없이 그 자리를 떠났다.

한마디로 끝난 것이다.

“됐다, 됐어. 안 올 것 같으니 그만하자.”

“주, 주군! 조, 조금만 더…….”

“먼저 간 사람들 기다린다. 빨리 가자.”

영웅은 황보강과 여불강을 먼저 무림맹으로 보내고 사운학과 호갈천을 데리고 접선 장소로 향했다.

사운학은 새로 나타난 호갈천의 별호를 듣고 정말로 깜짝 놀랐다.

파천명왕이라는 점도 놀라웠지만 그보다 자신이 알고 있던 인상착의가 아니었기 때문이다.

“저도 그렇게 생각합니다. 아무래도 온 중원 사람이 명왕님의 외형적 특징에 대해서 아는데, 지금 모습은 아무리 보아도 파천명왕 님으로 보이지 않습니다.”

“하아…… 주군…… 어쩌죠?”

호갈천이 상심한 표정으로 묻자 영웅이 웃으며 위로를 건넸다.

“뭐 어쩌겠어. 나도 네 바뀐 모습을 생각하지 못했으니 내 책임도 있다.”

“주군…….”

호갈천이 영웅의 말에 감동한 표정을 지었다.

그때 영웅의 표정이 변하며 어딘가를 바라보았다. 한참을 응시하던 영웅이 고개도 안 돌리고 호갈천에게 말했다.

“잠깐 여기에 있어.”

“네? 어디를 가시려…….”

말이 다 끝나기도 전에 영웅은 이미 사라지고 없었다.

“허…… 눈에 보이지도 않을 정도의 빠름이라니…….”

감탄이 가득한 눈으로 영웅이 있던 자리를 바라보는 호갈천이었다.

한편, 영웅은 투명화를 사용한 채 하늘 높이 날아올랐다.

그는 초신안으로 한 무리가 다급하게 달려가는 모습을 지켜보고 있었다.

약속 장소 근처에서 서성이다가 다급하게 철수하는 무리.

당연히 의심을 가지고 쫓아갈 만했다.

‘저들인가? 뭐, 따라가 보면 알겠지.’

그들 역시 예전에 비선각 사람들이 하던 것처럼 자신들의 흔적을 철저히 지우며 이동했는데 그 속도가 엄청 빨랐다.

순식간에 도시까지 이동한 그들은 수많은 인파 사이로 스며들었다.

보통은 여기서 좌절하겠지만 영웅은 아니었다.

그의 눈은 정확하게 그들을 좇고 있었다.

저 높은 하늘 위에서 자신들의 일거수일투족을 지켜보는

것도 모른 채 그들은 정신없이 이동하였다.

그러다가 어느 순간 멈추더니 주변을 둘러보고는 거대한 저택 안으로 순식간에 날아들어 갔다.

"저기군."

영웅이 미소를 지으며 그곳을 바라보았다.

그들이 들어간 곳 근처에 착지한 영웅은 유심히 건물을 바라보았다.

천천히 건물의 벽을 돌아 정문이 있는 곳으로 가니, 그곳에 커다란 현판이 있었다.

제갈세가

'제갈세가라…… 이들이 파천회인가, 아니면 파천회의 일원인가? 그것도 아니면 그냥 다른 이들?'

확실한 것은 아무것도 없었다.

영웅은 투명해진 몸으로 당당히 안으로 들어갔다.

당연히 그를 제지하는 자는 없었다.

아니, 보이질 않는데 어찌 제지한단 말인가.

그렇게 안으로 들어가 초신안 투시를 이용해서 사라진 자들을 찾기 시작했다.

세가의 가장 구석진 곳에 있는 거대한 전각 안에서 그들을 발견한 영웅은 청각을 최대한으로 키워 그들의 대화를 엿들으려 했다.

하지만 그들의 대화는 이미 끝나 가고 있었다.

"……습니다."

"고생했다. 그만 들어가 쉬거라."

"충!"

중요한 단서가 될 수 있는 것을 놓친 기분이었다.

'에이! 여기가 어딘지 확인해 보고 찾아도 늦지 않을 거라 생각했는데. 어쩐다…….'

다짜고짜 들어가서 너냐고 압박하자니 그건 할 짓이 아니었다.

'일단은 이곳을 유력 후보로 넣어 두고 살펴봐야겠다.'

영웅은 다시 한번 그들이 들어간 전각을 머릿속에 각인시켜 두고 호갈천이 있는 곳으로 순간 이동을 했다.

슈팍-!

"헉! 까, 깜짝이야! 주, 주군?"

호갈천은 갑자기 나타난 영웅을 보고 깜짝 놀라 바닥에 주저앉았다.

넋 나간 표정으로 영웅을 바라보다가 이내 정신을 차리고 주변을 두리번거리며 천천히 일어났다.

"어, 어디서 나타나신 겁니까?"

"때가 되면 알게 될 거야. 늦었다. 일행이 기다리니 어서 움직이자."

영웅은 호갈천의 어깨를 두드려 주고는 다시 무림맹으로 향했다.

무림맹에 먼저 도착한 여불강은 매우 조심스러운 표정으로 주변을 두리번거리며 맹 안으로 들어갔다.

사부의 눈을 피하기 위함이다.

하지만 이곳이 어디인가.

무림맹이다.

여불강의 사부는 그 무림맹의 맹주.

당연히 맹주에게 곧바로 보고가 올라갔고, 소식을 들은 맹주는 하던 일을 박차고 뛰쳐나왔다.

"네 이노오오오오옴!"

분노의 사자후를 토해 내며 엄청난 속도로 여불강에게 달려들었다.

"사, 사부님!"

자신을 향해 달려오는 무림맹주이자 사부인 현재양을 발견한 여불강은 두려운 얼굴로 부들부들 떨었다.

"뭐, 사부님? 사부님? 네놈이 나를 사부로 생각하기는 하는 것이냐? 왜, 등천무제가 네놈을 제자로 받아들이지 않겠다더냐, 엉?"

"사, 사부님! 그, 그게 아닙니다. 지금 크나큰 오해를 하고 계신 것 같습니다. 이, 일단 제 말 좀……."

"뭐라? 오해? 닥쳐라! 내 거지에게 똑똑히 들었다. 평소 등천무제를 흠모해 왔었다면서 따라가겠다고 했다며? 아예 등천무제 옆에 붙어 있지 여긴 뭐 하러 기어들어 와!"

그 순간 맹주의 손이 현란한 춤을 추며 여불강의 머리를 향해 날아갔다.

"허억! 태, 태을미리장(太乙迷離掌)! 사, 사부님! 제자 죽어욧! 으아악! 급하다! 나, 난화건곤보!"

여불강은 재빨리 난화건곤보를 사용하여 현재양의 공격을 피하려 했다.

하지만 현재양이 누구던가.

삼제이군십이지왕에서 이군에 속하는 절대지경의 고수였다.

그의 손이 다시 한번 춤을 추더니, 이내 공중에서 수십 개의 주먹으로 변하여 여불강의 전방위로 날아들었다.

피할 공간을 조금도 주지 않겠다는 굳은 의지가 보였다.

"커헉! 삼육방천지권(三六方天地拳)! 지, 진심입니까?"

"오냐, 진심이다!"

"크읍! 자하천강기(紫霞天罡氣)!"

쩌저저저정-!

여불강이 다급하게 끌어올린 강기에 현재양의 공격이 완

벽하게 막혔다.

그 모습에 현재양은 속으로 매우 놀랐다.

'허어! 이놈 봐라? 재능이 뛰어나다는 것은 알고 있었지만 벌써 자하천강기를 이 정도까지 다룬단 말인가. 허허허, 고놈 참.'

제자의 엄청난 성장에 현재양은 매우 흡족했다.

하지만 그것은 속마음일 뿐이었다.

겉으로는 이 괘씸한 제자 놈의 버릇을 단단히 고치고야 말겠다는 표정을 하고 있었다.

"호오! 막아? 오냐, 이것도 막아 보거라!"

현재양은 팔을 쭉 펼치고 마치 검을 휘두르는 것처럼 휘둘렀다.

그 모습에 여불강은 자신이 전개할 수 있는 최고의 보법으로 공격을 피하려 애썼다.

"으아아악! 사, 사부가 제자를 잡는다-!"

"이놈이? 어서 이 사부의 사랑의 매를 받거라!"

"세상천지에 어느 사부가 제자에게 자파의 절기를 쓰면서 그걸 사랑의 매라고 합니까!"

"허허, 그놈 참! 이리 오지 못해?"

"제가 미쳤습니까? 지, 지금 사부가 쓰는 그거! 그거 이십사수매화검법(二十四數梅花劍法)을 손으로 펼치고 계신 거 아닙니까!"

"잘 아는구나! 그러니 이리 와서 맛을 보거라!"

"그거 맛보면 죽어요!"

"안 죽어! 이리 안 와?"

"싫습니다!"

"이놈이?"

후웅-!

현재양은 여불강이 있는 방향으로 손을 휘둘렀고 엄청난 기파가 날아갔다.

콰콰콰쾅-!

거대한 폭발이 여불강의 뒤에서 일어났다.

"사, 사부……."

여불강은 폭발에 경악하며 최대한 불쌍한 표정을 지었다.

사실 현재양은 혹시라도 제자가 맞을까 봐 최대한 집중해서 움직이고 있었다. 말은 그렇게 해도 자신이 가장 아끼는 사람이 바로 여불강이었으니까.

그것을 뒤따라온 거지, 걸왕이 호리병 속에 든 술을 마시며 구경하고 있었다.

"클클클, 그래도 제자라고 손 속에 자비가 가득하구먼."

걸왕의 목소리에 여불강이 그곳을 보며 소리쳤다.

"할아범! 사부한테 잘 좀 이야기해 달라니까요! 이게 뭡니까, 오해하고 계시잖아요!"

"저놈이? 나는 인마, 네놈이 전하라는 그대로 전했어."

"그런데 사부가 왜 저러는 건데요?"

"내가 아나. 현가야, 네놈이 마음 아파서 못 때릴 것 같으면 이 거지가 좀 거들어 줄까?"

그리 말하며 자신의 타구봉을 움켜쥐는 걸왕이었다.

그 모습에 여불강은 기겁했고 현재양의 눈썹이 꿈틀거렸다.

"거지, 내 제자에게 무슨 수작이냐? 나랑 한판 뜨자는 거냐?"

현재양의 눈빛이 변하며 으르렁거렸다.

걸왕이 아차 하는 표정으로 타구봉을 살포시 내려놓고는 말했다.

"아차차! 이 주둥이가 또 말실수를 했구나. 나는 그냥 여기 조용히 있으마."

그러면서 여불강에게 전음을 보냈다.

-나중에 이 은혜는 천산곡주로 갚거라. 클클클.

여불강은 그제야 걸왕이 자신을 돕기 위해 일부러 저런 것을 깨달았다.

전음으로 감사 인사를 전하며 현재양의 앞으로 달려가 무릎을 꿇고 양손을 들었다.

"사, 사부님! 제자가 잘못했습니다! 제자에겐 사부님밖에 없습니다! 부디 노여움을 푸시옵소서!"

여불강이 울먹이며 말하자 현재양의 표정이 실룩였다. 누가 보아도 기분이 좋아서 표정 관리를 못 하고 있었다.

"크흠! 그, 그리 반성하고 있으니 이번 한 번은 넘어가 주마. 다음에 또 그랬다간 아주 크게 혼날 줄 알아라!"

"헤헤! 그럼요, 사부! 제가 사부를 얼마나 좋아하는데요. 절대로 그럴 일은 없습니다!"

여불강의 애교에 그동안의 맘고생과 화가 눈 녹듯이 녹아버린 현재양이었다.

"끄응! 말이나 못 하면……. 그래, 별일은 없었느냐?"

여불강은 그 말에 자신이 그동안 겪었던 일들을 떠올렸다.

'절대로 믿지 않으실 거야.'

자신이 생각해도 믿을 수 없는 일들이었기에 말해도 절대로 믿지 않을 게 뻔했다.

오히려 자신을 놀리냐며 사부가 다시 분노할 수도 있었다.

'그냥 넘어가자.'

일단 영웅에 대한 이야기는 제쳐 두고 패력도제의 이야기를 꺼냈다.

"실은 같이 오신 분이 계십니다. 제자가 일단 귀빈실로 모셨습니다."

"귀빈실에? 어느 고인이시더냐? 설마 무제께서 직접 방문하셨더냐?"

현재양은 제자가 귀빈을 모시고 왔다는 소리에 눈을 동그랗게 뜨며 물었다.

그러자 여불강이 고개를 저으며 답했다.

"아닙니다. 무제 어르신은 아니고 다른 분이십니다."

"그래? 하긴 그분이 이곳에 오실 분이 아니지. 허허허, 그래, 어느 분이시더냐?"

등천무제가 아니라는 소리에 한결 마음이 편해졌는지 허허 웃는 현재양이었다.

걸왕 역시 궁금함에 귀를 쫑긋 세우고 있었다.

"패력도제 어르신께서 귀빈실에 계십니다."

"응? 누구라고?"

"패, 패력도제?"

현재양은 귀를 팠고 걸왕은 경악했다.

"거지 할아범이 제대로 들으셨네요."

"……패력도제 어르신? 진짜로? 황보세가의 전대 가주님이셨던 황보강 어르신?"

현재양이 재차 묻자 여불강이 고개를 힘차게 끄덕였다.

잠시 멍하니 서 있던 현재양이 머리를 마구 흔들었다.

"야, 인마! 그걸 왜 이제 말해!"

빽 소리친 현재양은 몸을 돌려 귀빈실을 향해 전력으로 달려갔다.

그 뒤를 걸왕이 따랐다.

그 모습에 여불강이 고개를 갸웃거리며 의아해했다.

"뭐지? 마치…… 무언가 무서운 사람이 온 것처럼 행동하시는데?"

여불강은 의문이 가득한 표정으로 저 멀리 뛰어가는 사부의 뒤를 쫓았다.

"허허허, 이놈들! 오랜만이구나!"

"그, 그렇습니다!"

"그, 그동안 강녕하셨습니까!"

현재양과 걸왕이 앞다투어 귀빈실 문을 열고 들어가니 정말로 그곳에 패력도제가 떡하니 차를 마시고 있었다.

이들이 이렇게 행동하는 데는 이유가 있었다.

젊은 시절, 황보강에게 큰 은혜를 입었기 때문이다.

무공에 진척이 없어 하루하루를 우울하게 보내던 젊은 시절의 현재양.

어느 날 황보강이 축 처진 꼬락서니가 꼴 보기 싫다며 다짜고짜 그를 끌고 갔다.

그날이 지옥의 시작이었다.

그때를 생각하면 아직도 몸서리가 쳐졌다.

하지만 황보강의 수련 덕분에 현재양은 정체되었던 무공에 커다란 진전을 이룰 수 있었고, 그를 발판으로 절세고수가 되었다.
걸왕 역시 마찬가지.
그렇기에 이들의 반응이 이런 것이다.
존경하면서 동시에 무서운 존재.
그가 바로 황보강이었다.
"껄껄껄, 정신을 차리게 한 보람이 있구나. 이렇게 무림을 지탱하는 기둥이 되어 있는 것을 보니 말이다."
"과찬이십니다! 어르신이 아니었다면 이 현재양은 존재하지 않았을 것입니다."
"저도 그렇습니다. 걸왕이라는 칭호는 어르신께서 주신 것이나 다름없습니다."
둘은 황보강에게 진심으로 감사를 표했다.
황보강은 뒤늦게 들어오는 여불강을 바라보며 현재양에게 말했다.
"저놈이 네 제자더냐?"
황보강의 물음에 현재양이 힐끗 뒤를 보고는 고개를 격하게 끄덕이며 말했다.
"맞습니다. 저기 저 부족한 놈이 바로 제 제자 녀석입니다."
현재양의 말에 황보강이 어이없다는 표정을 지으며 말했다.
"이놈아, 저놈이 부족하면 세상에 무공 익히는 놈들은 다

죽으란 소리냐? 나도 저 나이 때 저 정도는 아니었거늘."

황보강의 극찬에 현재양의 입은 좋아서 찢어지기 일보 직전까지 커졌다.

그 모습에 황보강이 너털웃음을 지으며 한 소리 했다.

"이놈아, 그러다가 입 찢어지겠다. 그리 좋으냐?"

"헙! 아, 아닙니다."

"괜찮다. 저런 엄청난 재능을 가진 놈은 흔치 않으니 다 네 복인 게지."

"감사합니다."

그 후로도 황보강과 이런저런 이야기를 하다가, 오다 만난 영웅에 관한 이야기가 흘러나왔다.

"어르신께서는 봐 둔 아이가 없으십니까? 이제 연세도 있으신데 제자를 키워 보심이 어떠한지요?"

"허허, 녀석. 제자라……. 하긴, 오다가 재미난 놈을 만나서 지금 살짝 고민이기는 하다."

황보강의 말에 현재양의 눈이 동그랗게 떠졌다.

인재를 찾아내는 데에 중원에서 따를 자가 없다는 사람이 바로 황보강이었다.

그런 황보강이 저리 기분 좋은 미소를 지으며, 마치 소중한 보물을 생각하는 표정으로 말하고 있었다.

"어르신께서 그리 보셨다면 엄청난 재능을 지닌 사람이겠군요."

"나도 잘 모르겠다. 재능이 엄청난 것인지, 아니면 이도 저도 아닌 것인지. 아, 저놈이랑 같이 다니더구나."

황보강이 가리키는 곳에는 여불강이 눈을 끔벅거리며 서 있었다.

"저놈요?"

현재양은 여불강에게 황보강이 말한 자에 대해 묻기 시작했다.

"저분 말이 사실이냐? 저분께서 마음에 드셨다는 사람과 같이 다녔다고?"

여불강이 고개를 끄덕였다.

"그래? 네놈이 보기에는 어떠하더냐?"

현재양의 질문에 황보강 역시 귀를 쫑긋 세웠다.

자신도 궁금했기 때문이다.

둘의 엄청난 시선에 여불강은 식은땀을 흘리며 뭐라 말해야 할지 고민했다.

"이놈아! 어서 말해 보거라."

현재양은 답답했는지 큰 소리를 내었다.

하지만 여불강은 여전히 난감하기만 했다.

'아, 씨! 그걸 어찌 말하냐고! 사실대로 말하면 믿지 않을 테고…….'

제자?

여불강은 그 말을 듣고 속으로 코웃음을 쳤다.

중원 전체가 두려워하는 마교의 천마도, 중원 최강의 무인이라는 등천무제도 그에게 일초지적도 되지 않는다.
심지어 둘이 영웅을 떠받들어 모시고 있는 판이다.
게다가 같은 삼제인 천검제의 자식이기도 했다.
여불강이 본 영웅은 한마디로 정의할 수 있었다.
무신.
그는 숭배의 대상이었다.
아마 지금 황보강이 내뱉은 말이 밖으로 퍼진다면 당장이라도 칼을 뽑아 들고 쳐들어올 사람이 한둘이 아닐 것이다.
그래도 대답은 해 주어야 했기에 여불강은 마른침을 꿀꺽 삼키고 말했다.
"그, 글쎄요. 저는 그런 쪽은 영 관심이 없어서…… 아무리 생각해도 잘 모르겠습니다."
여불강은 결국 모르쇠로 나가기로 했다.
그것이 통했는지, 현재양이 크게 실망한 표정으로 말했다.
"그러냐? 쯧! 어르신, 이놈이 이렇습니다. 무공 말고 다른 것은 전부 저 지경입니다."
"허허허, 무림인이 무공에 재능이 있으면 그만이지, 너무 욕심을 부리는 거 아닌가."
"하긴 그렇긴 합니다, 하하."
둘이 자신의 말을 믿는 모습을 보이자 여불강은 속으로 안도의 한숨을 쉬었다.

'그분의 실체를 알고 나서도 저리 웃을 수 있을지…….'

며칠 후 영웅이 무림맹에 도착했다.

황보강은 영웅의 소식을 듣자마자 그에게 달려가 다시 제자 만들기에 돌입했다.

그렇게 며칠을 쫓아다니니 영웅이 한숨을 쉬며 자신이 누구의 자식인지 정체를 밝혔다.

그제야 황보강은 시무룩한 표정을 하며 더는 영웅을 따라다니지 않았다.

물론 포기한 것은 아니었다.

황보강은 그제야 영웅에 대해 알아보기 시작했다.

"흐음, 무능공자라고?"

황보강이 자신의 수염을 쓰다듬으며 영웅의 신상명세서를 읽고 있었다.

정보를 들고 온 사람은 바로 무림맹의 장로이자 황보강의 셋째 아들인 황보운이었다.

"그렇습니다, 아버지. 그런데 왜 이것을 가져오라고 하셨는지……."

"이놈에게 관심이 있어서 말이지. 그런데 천검제 그자의 자식이라니…… 아깝구나, 아까워. 자기 자식을 나에게 넘기진 않을 테지…….”

황보강이 연신 안타까운 표정으로 말하자 앞에 있던 황보운이 고개를 갸웃거리며 물었다.

“아버지, 거기에 적힌 정보를 제대로 읽으신 게 맞습니까? 거기에 분명 무능공자라고 적혀 있을 텐데요. 그놈 아주 유명한 놈입니다.”

“허허, 무능공자라고? 그런 척한 것이겠지. 내 눈은 정확하다. 그놈은 절대로 무능력하지 않아. 오히려 뭐랄까…… 그놈을 보고 있으면 나보다 더 강한 사람을 보는 그런 기분이 든다.”

“네에? 에이, 말도 안 되는 소리를 하고 계십니다.”

“뭐야? 이놈이! 이제 좀 컸다 이거냐? 그래, 오랜만에 우리 아드님 실력이나 한번 봐 볼까?”

그리 말한 황보강은 손과 목을 움직이며 풀기 시작했다.

그 모습에 엄청 당황한 표정으로 손사래를 치는 황보운이었다.

“헉! 아, 아버지, 그, 그게 아니고요. 잠시 지, 진정하세요.”

“허허, 이 애비는 아까부터 진정하고 있었습니다. 자아, 나가자, 우리 아들.”

“아, 아버지…….”

황보운은 결국 황보강에게 질질 끌려 나갔다.

"푸하하하하! 자네, 얼굴이 그게 뭔가?"

또 다른 무림맹 장로이자 절친인 무당파의 현진이 황보운의 모습을 보고는 배를 잡고 웃었다.

황보운의 눈은 판다처럼 멍이 들어 있었고 얼굴에는 분노가 가득했다.

"으드득! 웃지 말게. 자네가 우리 아버지 성격을 몰라서 그러는 거야. 이 정도면 엄청 잘 버틴 거라고."

"알지. 잘 알지. 그분께서 그래도 아들이라고 손 속에 정을 두신 모양이구먼, 하하하."

"나를 이 꼴로 만든 원흉을 가만둘 수야 없지."

황보운이 이를 갈면서 자리에서 벌떡 일어났다.

그 모습에 현진이 웃음을 멈추고 물었다.

"어? 자네 어쩌려고 그러는 건가? 설마!"

"이 일의 원흉! 내 직접 그놈이 얼마나 무능한 자식인지 보고 말 것이야!"

"어어? 이보게, 운이! 차, 참게!"

현진이 재빨리 달려 나가려는 황보운의 팔을 잡으며 말렸다.

하지만 이미 눈이 뒤집힌 황보운은 그런 현진의 팔을 뿌리치고 밖으로 나갔다.

"허어! 이거 난리 났군, 난리 났어."

안절부절못하던 현진은 재빨리 황보운이 사라진 곳을 향해 달려가기 시작했다.

하지만 어찌나 빨리 갔는지 벌써 모습이 보이지 않았다.

다행히 황보운이 어디로 갔을지 대충 짐작이 간 현진은 급히 방향을 틀었다.

그렇게 달려가다 보니 저 멀리 황보운의 모습이 보였다.

황보운은 달려가며 그대로 천무성의 삼 공자인 영웅을 향해 주먹을 날렸다.

"헉! 저, 저 친구가 기어이 일을 벌이는구나!"

너무 멀리 떨어져 있어서 막을 수 없었던 현진은 안타까움에 소리를 내뱉으며 속도를 더 높였다.

하지만 이내 우뚝 멈춰 서고 말았다.

쩌엉-!

황보운이 날린 주먹을 누군가가 막아 버린 것이다.

"허어! 젊은 놈이 제법이구나. 비록 저 친구가 전력을 다하진 않았지만 저리 쉽게 막다니."

감탄하며 멈춘 발걸음을 다시 옮기려 할 때였다.

황보운의 분노에 찬 목소리가 들려왔다.

"네 이놈! 기생오라비같이 생겨서는 지금 어디서 나서는 것이냐!"

황보운의 사자후에 남자가 환하게 웃으며 말했다.

"그 말이 그렇게 듣기 좋은 말인지 오늘 처음 알았네. 기생오라비……. 이야, 이게 이렇게 칭찬으로 들리다니."

남자는 정말로 행복한 표정으로 웃으며 기생오라비라는 단어를 계속 되뇌고 있었다.

황보운은 어이없다는 표정으로 중얼거렸다.

"뭐야? 미친놈인가? 아니, 미친놈이 내 주먹을 그렇게 가볍게 막았다고?"

갑자기 자존심이 더 상하는 황보운이었다.

기생오라비라 불린 남자는 바로 파천명왕 호갈천이었다.

난생처음으로 색다른 욕을 들었는데 그게 그의 기분을 너무도 좋게 만들어 주었다.

항상 듣던 욕은 저것과는 정반대되는 단어들이었으니까.

호갈천이 황보운을 바라보며 말했다.

"듣기 좋은 말을 해 주었으니 이만 물러가면 더는 문제 삼지 않겠다."

호갈천의 말에 황보운의 표정은 점점 일그러지고, 주먹에는 굵은 핏줄이 돋아났다.

"그래. 제정신이 아닌 놈에겐 매가 약이지."

황보운에게서 거대한 기세가 일어나고 주변으로 바람이 휘몰아쳤다.

고오오오오오-!

그 모습을 본 호갈천이 감탄하며 말했다.

"호오, 제법이구나."

하지만 호갈천의 말은 황보운을 더 자극해 버렸다. 얼굴이 시뻘겋게 변한 황보운은 호갈천을 향해 가문의 절학인 벽력신장(霹靂神掌)을 전개했다.

"받아라!"

빠지지직-!

뇌전이 황보운의 손을 감싸더니 호갈천을 향해 날아갔다.

"흥! 겨우 보인다는 것이 벽력신장이더냐?"

5장

호갈천은 코웃음을 치면서 황보운의 벽력신장을 가볍게 피하고 그의 옆구리를 향해 주먹을 날렸다.

그가 원래 있던 자리에는 잔상이 선명하게 남아 있었다.

잔상이 남은 모습에 황보운이 화들짝 놀라서 말을 꺼냈으나, 복부에서 느껴지는 엄청난 충격에 길게 잇진 못했다.

"헉! 이형환위(移形換位)…… 커헉!"

퍼억-!

쿠당탕탕-!

쾅-!

한 방이었다.

호갈천의 한 방에 황보운은 구석에 처박힌 채 그대로 기절하고 말았다.

황보운은 무림 백대고수 중 하나로, 무림맹에서도 순위권에 들 정도의 강자.

하지만 호갈천은 절대지경에 발을 들인 초고수였다.

황보운이 아무리 날뛰어도 호갈천에게는 애들 재롱떠는 수준인 것이다.

물론 호갈천이라는 것을 알았다면 이렇게 덤비지 않았겠지만, 지금 호갈천의 모습은 황보운이 아는 파천명왕과는 완전히 달랐기에 어쩔 수 없는 일이었다.

그 모습을 지켜본 무당의 장로 현진이 재빨리 달려와 기절한 황보운을 안고 호갈천을 향해 소리쳤다.

"지금 이게 무슨 짓이오! 여기가 어디인지 알고 난동을 부리는 것이오!"

"난동? 아니, 분명 우리가 기습을 당했는데? 무림맹은 기습이 인사인가?"

호갈천이 현진의 말에 한껏 비웃으며 말했다.

하지만 현진은 쉽사리 호갈천에게 덤벼들지 못했다.

그도 확실하게 보았기 때문이다.

'빌어먹을, 이형환위를 쓸 정도의 고수라니. 이런 자가 왜 여태껏 알려지지 않았단 말인가!'

현진은 이를 악물고는 황보운을 안고서 뒤로 물러났다.

"그대들이 정말로 떳떳하다면 이곳에 그대로 계시오! 내

이 친구를 의원에게 데려다주고 다시 오겠소!"

그리 말하고는 다급하게 그곳을 떠났다.

귀빈실에서 황보강과 여유롭게 차를 마시던 현재양은 누군가가 다급하게 들어오는 것을 느꼈다.

"아무래도 무슨 일이 일어난 듯하군요."

현재양은 미리 황보강에게 양해를 구했다.

"허허, 나는 신경 쓰지 마시게."

황보강의 말에 고개를 숙여 인사하고는 문 쪽을 바라보았다.

그러자 문이 벌컥 열리며 현진이 빨개진 얼굴로 들어왔다.

"허어! 장로나 돼서 왜 이렇게 체통이 없는가."

현재양의 말에 현진이 포권을 하며 말했다.

"죄, 죄송합니다. 워, 워낙에 다급한 일인지라……. 어, 어르신께서도 계셨습니까? 무림 말학 현진 인사드립니다!"

현진은 그 와중에도 황보강을 발견하고 인사를 했다.

그리고 내심 환호를 질렀다.

'마침 잘되었군. 저분이 같이 계시다니, 일이 한결 수월하겠어.'

고개를 끄덕인 현진은 방금 전의 일을 현재양과 황보강에게 말했다.

그러자 현재양의 표정이 굳어지며 황보강을 바라보았다.

"허허허! 운이 그놈 성격에 뻔하지 뭐. 사실을 확인하겠다면서 달려갔을 것이고, 하필 거기에 자신보다 강한 무인이 있었던 게지. 아니 그런가?"

"그, 그건……."

"쯧쯧, 되었다. 거기 있는 그놈은 내가 인정한 놈이고, 그놈이 지키는 주인은 내가 제자로 들이려고 공을 들이는 놈인데 너희가 초를 치려 한 것이냐? 나랑…… 해보겠다는 것이야?"

황보강의 목소리가 점점 낮아지며 으르렁거리자 현진의 목이 쏙 들어가더니 말을 더듬었다.

"그, 그것이 아니고……."

"되었다. 에잉! 지 애비가 그렇게 정성을 들이는 것을 알면서 그랬단 말이지? 괘씸한 놈 같으니라고."

벌떡.

기분이 상했는지 자리에서 일어나는 황보강이었다.

현재양이 덩달아 일어나려 하자 황보강이 손을 휘휘 저으며 말했다.

"됐다. 일어나지 마라. 나 간다."

"어, 어르신!"

자신의 부름에도 대꾸 없이 밖으로 나가는 황보강을 바라보던 현재양이 이내 도끼눈을 뜨고는 이 사달을 만든 현진을 노려보았다.

"죄, 죄송합니다……."

"장로라는 것들이 하라는 일들은 안 하고 잘하는 짓이다, 잘하는 짓이야! 어휴, 나이를 먹었으면 철 좀 들어라. 철 좀!"

"매, 맹주님! 맹주님! 아, 진짜…… 형님!"

뒤도 안 돌아보고 나가는 현재양을 애타게 부르며 따라가는 현진이었다.

"흠, 막내가 이 서신을 보냈단 말이지?"

"그렇습니다."

사운학은 공손한 자세로 천검제 백무상 앞에 서 있었다.

백무상은 다시 서신으로 눈을 돌리고 고민에 빠졌다.

"허어…… 이거 참. 뭐 어쩌겠는가, 막내가 하라는 대로 해야지. 안 그러냐?"

그리 말하며 옆에 서 있는 훤칠한 청년을 바라보았다.

"그렇습니다, 아버지. 지금까지 막내 말대로 해서 잘못된 경우가 없지 않습니까. 이번에도 무언가 확신이 있어 저리하는 거라 생각됩니다."

청년은 한때 천무성의 차기 성주로 주목받던 장남 백군위였다.

백군위는 백군명이 그동안 한 일을 듣고 처음에는 믿지 않았지만, 모든 게 사실로 밝혀진 지금은 누구보다 동생을 인정했다.

그리고 자신은 이 성을 맡을 자격이 없음을 깨닫고 전부 다 내려놓은 상태였다.

사실 백무상 역시 이번 사태를 기점으로 백군명을 차기 성주감으로 낙점해 놓았는데, 백군위가 먼저 찾아와 자신의 생각을 밝혀 한시름 놓았다.

"이제 그놈을 성주 자리에 앉히기만 하면 되는데……."

문제는 본인이 성주를 하지 않으려 한다는 것이다.

"왜 하기 싫어하지? 제 놈이 성주가 되면 우리 천무성은 고금 제일 세력이 될 것이 분명한데……."

"예전부터 막내는 특이하지 않았습니까. 그 성격이 지금도 그대로인 거겠지요."

백군위의 말에 고개를 끄덕이다가 앞에 있는 사운학을 바라보며 말했다.

"가서 전하거라. 하라는 대로 할 테니 걱정하지 말라고."

"알겠습니다!"

사운학은 백무상에게 인사를 하고 소식을 전하기 위해 재빨리 밖으로 나섰다.

순식간에 사라지는 사운학을 보며 백무상이 감탄을 내뱉

었다.

"허허허! 저런 엄청난 고수가 우리 아들의 수하라니, 허허허."

생각만 해도 행복하고 모든 것을 다 가진 것처럼 즐거운 백무상이었다.

쾅―!

"뭐라고? 천검제가 돌아왔다고?"

제갈천이 수하에게 보고를 듣고는 믿기지 않는다는 표정으로 책상을 내려치며 말했다.

"그, 그렇습니다! 무림맹에 있는 아이들이 다급하게 보내온 소식입니다!"

수하는 그리 말하며 제갈천에게 한 장의 서신을 건넸다.

서신에는 천검제가 무림맹에 나타났고, 그의 장남도 멀쩡한 모습이었다고 적혀 있었다.

"아니, 분명히 살아날 확률이 없다고 하지 않았더냐! 아니지. 내가 계산을 했을 때도 저들이 살아날 확률은 희박했다. 대라신선이어도 그들을 살릴 수 없었어! 신이 직접 내려와서 살려 주기 전에는 절대 있을 수 없는 일이었는데……. 그런데 저들이 멀쩡하게 나타났다는 것은…… 당한 척한 것이구나!"

제갈천은 서신 한 장으로 수많은 것을 유추해 내기 시작했다.

"제길! 어찌 된 일이지? 설마 대장로에게 걸어 두었던 술법이 풀린 이유도 이것이었나? 요즘 술법이 줄줄이 풀리는 게 의아했는데, 이런 이유였던가?"

대장로를 조종했던 이가 바로 자신이었음을 말하는 제갈천이었다.

그의 능력은 다른 이에게 술법을 걸어 자신이 설정한 목표대로 움직이게 만드는 능력이었다.

스스로 알아서 행동하지만 그 모든 행동은 자신이 정해 둔 목표를 위한 것이다.

그렇기에 지금까지 단 한 번도 정체를 들키지 않고 무림 정복 작업을 진행할 수 있었다.

"내가 너무 안일했다, 안일했어!"

"어찌할까요? 무림맹에 있는 아이들을 전부 철수시킬까요?"

수하의 말에 제갈천이 손톱을 깨물며 생각에 잠겼다.

그러다가 다급히 수하에게 말했다.

"무림맹에 설치한 진을 가동시켜라. 이렇게 된 이상 그곳에 다 모여 있을 때 전부 지워 버리자."

"헉! 그, 그곳엔 아직 세가의 식구들이 있습니다."

"대를 위해선 소를 희생해야 하는 법. 잔말 말고 진행해!"

"주, 주군, 부디 다시 한번 생각을……."

"명령이다! 어서 실행해!"

제갈천이 서슬 퍼런 눈빛으로 재차 명하자, 수하는 망연자실한 표정으로 고개를 숙이며 물러나려 했다.

그 순간이었다.

"역시 네놈이었군."

갑자기 둘밖에 없는 방 안에서 목소리가 들려왔다.

촹-!

수하가 재빨리 검을 뽑아 들고 외쳤다.

"누, 누구냐!"

제갈천 역시 당황한 표정으로 사방을 두리번거리고 있었다.

그때 아무것도 없던 정면에서 무언가가 일렁이더니 이내 사람의 형태가 나타나기 시작했다.

처음 보는 광경에 제갈천과 수하가 연신 눈을 껌벅이며 그것을 바라보았다.

온전히 모습을 드러낸 이는 바로 영웅이었다.

영웅은 제갈천이 범인이라는 확신이 없었기에 작전을 세웠다.

제갈천이 가장 심혈을 기울인 것이 무엇일까 고민하다가 바로 자신의 아버지, 천검제가 생각났다.

영웅은 '이것을 이용하면 되겠구나.' 하고 생각했고, 역시나 제갈천은 천검제의 등장에 바로 반응을 보였다.

오직 영웅만이 가능한 범인 잡기 방법이었다.

갑작스러운 영웅의 등장에 굳어 버렸던 둘은 누가 먼저라고 할 것도 없이 동시에 영웅을 향해 공격을 시도했다.

나름 회심의 일격이었음에도 여유롭게 막아 내는 영웅을 보며 제갈천이 입술을 깨물었다.

"제길! 저자의 움직임을 막아라! 내 비장의 수를 꺼내겠다!"

"충!"

제갈천의 말에 수하가 영웅을 노려보며 검에 기운을 불어넣기 시작했다.

그 모습에 영웅이 웃으며 말했다.

"천천히 해, 천천히. 기다려 줄 테니까."

적진임에도 한없이 평온한 그의 모습에 둘은 혀를 내둘렀다.

"그럴 만한 실력을 지녔다 이건가? 너의 그 자만심이 독이 되어 돌아갈 것이다."

제갈천은 자존심이 상했는지 영웅을 노려보며 이를 갈았다.

하지만 영웅은 어깨를 으쓱하며 여전히 웃고 있었다.

저 얼굴에 반드시 주먹을 날려 주고 말겠다는 의지를 다지며 제갈천은 비장의 무기를 꺼내 들었다.

"으드득! 상태창! 각성 모드 전환!"

제갈천의 말에 영웅이 화들짝 놀라며 뒤로 물러섰다.

그 모습을 보고 영웅이 당황했다고 생각한 제갈천은 여유로운 미소를 지었다.

"크큭! 이미 늦었다. 아까 기회가 있었을 때 나를 쳤어야 했다."

하지만 제갈천의 그 말은 영웅의 귀에 들어가지 않았다.

영웅은 제갈천의 모습이 점차 변해 가는 것을 보며 황당한 표정을 지었다.

이윽고 제갈천의 모습이 완전히 변하고 득의양양한 얼굴로 영웅을 바라보자 그제야 영웅이 입을 열었다.

"서, 설마……."

"크크큭! 이것이 내 진정한 모습이다! 내가 이 모습으로 변했다는 것은 네놈에게 살길이 없다는 뜻이기도 하지. 지금의 나는 무림 최강이라는 삼제도 가볍게 제압할 수 있는 힘을 가졌다."

제갈천은 그리 말하며 굳어 있는 영웅을 바라보았다.

그런데 영웅의 입에서 전혀 생각지 못한 말이 튀어나왔다.

"설마 너 각성자냐? 분명 내가 받은 데이터에는 없는 인물인데? 너 누구냐?"

영웅의 입에서 나온 말을 제갈천은 정확하게 이해했다. 분명 자신이 너무도 잘 아는 단어들이 쉴 새 없이 흘러나왔다.

"무, 무슨 말이냐? 네, 네놈이 어찌 각성자에 대해 아는 것이냐! 서, 설마! 네놈도 각성자더냐?"

"아니, 나는 일반인. 하지만 각성자를 잘 알지. 각성 모드도 잘 알고, 화이트 웜홀도 아주 잘 알고 있다."

영웅의 말에 제갈천은 싸우겠다는 생각도 잊은 채 몸을 부르르 떨었다.

이 넓은 세상에 자신만 홀로 떨어졌다 생각했는데 자신과 같은 세상에서 온 자가 또 있었다.

"너, 너는 어디 소속이냐?"

제갈천이 떨리는 목소리로 묻자 영웅이 말했다.

"한국 각성자 협회 소속."

영웅의 말에 제갈천은 몸을 다시 부르르 떨었다.

한국 각성자 협회라는 단어는 그곳 사람이 아니고서는 알지 못하는 것이다.

그것을 정확하게 말하는 것을 보니 분명 자신과 같이 현세에서 온 인간이었다.

"그런데 일반인이라고? 어, 어찌 일반인이……."

"일반인치곤 내가 좀 강하거든."

"마, 말도 안 되는……."

"덤빌 거야, 아니면 대화로 풀 거야?"

영웅의 말에 제갈천이 당황한 표정으로 무언가를 열심히 생각하기 시작했다. 그리고 조심스럽게 물었다.

"그렇다면 호, 혹시……."

질문이 다 끝나기도 전에 영웅이 답했다.

"알아, 어디에 있는지."

영웅의 말에 제갈천의 굳어 있던 표정이 점차 풀리기 시작하더니 이내 환희로 가득 찼다.

"그, 그것이 정말이냐? 저, 정말로 돌아가는 길을 알고 있어?"

제갈천의 말에 영웅이 고개를 끄덕였다.

"어디냐, 어디에 있느냐?"

"그 전에 먼저 너의 정체부터 말해 줘야지."

영웅의 말에 제갈천의 표정이 다시 굳어졌다.

"그건 말해 줄 수 없구나. 하지만 한 가지, 웜홀이 어디에 있는지 알려 준다면 너에게 큰 포상을 해 주겠다. 나는 현세에서 많은 돈을 가졌다. 어떠냐?"

"필요 없어. 역시 말로는 안 되는 건가?"

영웅이 목을 이리저리 움직이며 중얼거리자 제갈천의 표정이 험악하게 변했다.

그리고 아주 차가운 말투로 영웅에게 경고했다.

"마지막 기회다. 말해라. 그러지 않으면 사지를 모조리 잘라 놓고 묻겠다."

"분명히 말했을 텐데. 내가 좀 강하다고."

"크크크! 일반인이 강해 봤자지. 오냐, 네놈이 복을 발로 찬 것이니 나를 원망하지 말거라!"

그리 말하고는 손을 허공에 저었다.

그러자 그의 손에서 수많은 부채가 허공으로 뿌려지고, 맹렬하게 회전하기 시작했다.

"천참선풍(千斬扇風)!"

키이이이이잉—!

어찌나 맹렬하게 회전하는지 소름 끼치는 소리가 울려 퍼졌다.

막는 것들은 모조리 잘라 버릴 것 같은 속도로 회전하던 부채들이 일제히 영웅을 향해 날아가기 시작했다.

그것으로도 부족했는지 제갈천은 자신의 주력 무기인 채찍을 꺼내 영웅을 향해 휘둘렀다.

"구룡기폭(九龍起暴)!"

제갈천의 손에서 춤추듯 움직이던 채찍은 이내 아홉 마리의 용의 형상으로 변해 영웅을 향해 날아갔다.

"이것으로 네놈의 사지를 모조리 잘라 주마!"

정말로 천참선풍과 구룡기폭은 영웅의 몸통이 아닌 영웅의 팔다리를 향했다.

반면 영웅은 움직이지도 않은 채 그 자리에 서 있었다.

그것을 본 제갈천은 싸움이 싱겁게 끝났음을 느꼈다.

하지만 그것은 그의 큰 착각이었다.

퍼퍼퍼퍼퍼퍽-!

분명히 고기를 두드리는 소리가 들렸고, 정확하게 팔다리에 적중되는 것을 두 눈으로 똑똑히 보았다.

그런데 맞은 당사자는 아무 일 없었다는 듯 웃고 있었다.

"재밌네. 이야, 자신이 한 말을 정확하게 지키는 타입이구나? 정확하게 내 팔다리만 조지네?"

제갈천은 턱이 바닥까지 닿을 기세로 내려온 채 경악했다.

침까지 질질 흘리며 영웅을 바라보았다.

"어, 어, 어떻게? 일반인이라며? 일반인이라며!"

제갈천이 떼쓰는 아이처럼 영웅에게 소리쳤다.

"거참, 안 믿네. 일반인 맞대도."

"그, 그럼 이곳에서 무공을 익힌 것이냐? 설마 금강불괴더냐?"

"그딴 거 아니거든? 그냥 좀 튼튼한 정도? 말이 길었다. 기브 앤드 테이크. 뭔 말인지 알지?"

영웅이 오른손을 빙글빙글 돌리며 제갈천을 향해 천천히 걸어갔다.

그 모습에 제갈천이 두려운 눈빛으로 뒷걸음질 치기 시작했다.

"아, 아니야! 이, 이건 꿈이야. 꾸, 꿈이라고! 죽어라, 광룡

천편(狂龍天鞭)!"

제갈천의 손에서 채찍이 마구잡이로 움직이더니 주변의 모든 것들이 예리한 칼로 벤 듯 깔끔하게 베이기 시작했다.

하지만 딱 한 가지는 베이지 않고 멀쩡하게 걸어오고 있었다.

좌악-! 좌—! 좌악-!

계속 몸을 때리는 채찍을 맞아 가며 천천히 서두르지 않고 걸어오는 영웅의 모습은 그야말로 공포였다.

천재적인 두뇌를 가진 제갈천의 머리가 일순간 멈춰 버렸을 정도.

그 어떤 방법도 생각나지 않았다.

저 괴물을 처리할 방법이 조금도 떠오르지 않았다.

파팍-!

그 순간 제갈천의 채찍이 영웅의 손에 잡혔다.

강기를 머금은 채찍을 맨손으로 아무렇지도 않게 잡은 것이다.

"정신 사납다. 그리고 아까 말했잖아……."

슈악- 퍼억-!

"커헉……!"

몸이 기역 자로 꺾인 채 공중으로 붕 뜬 제갈천에게 영웅이 하던 말을 이어 했다.

"내 차례라고……."

영웅이 씩 웃으며 말했지만, 그는 이미 들을 정신이 아니었다.

그가 지금 입고 있는 아이템은, 기술의 위력은 두 배 증가시켜 주고 직접적인 타격으로 받은 충격은 절반으로 줄여 주는 사기템이었다.

더욱이 일주일에 한 번은 죽음에 이르는 대미지도 버텨 주었다.

이 아이템들 덕분에 현세에서 레전드급도 그를 함부로 건드리지 못했다.

그런 아이템들을 뚫고 가해진 대미지는 위력을 떠나 제갈천에게 정신적으로 큰 충격을 주었다.

"커컥. 이, 이럴…… 수가…… 쿨럭!"

믿을 수 없다는 목소리로 겨우겨우 말을 꺼낸 제갈천의 눈에 영웅의 주먹이 다시 날아오는 것이 보였다.

"아, 안 돼……!"

퍼퍽-!

그것이 시작이었다.

영웅은 현란한 주먹질로 쉴 새 없이 제갈천의 온몸을 타격하기 시작했다.

제갈천 인생에서 정말로 개처럼 맞은 날은 이날이 처음이었다.

제갈천이 있는 전각에서 엄청난 굉음이 연달아 들려오자 제갈세가 전체에 비상이 걸렸다.

처음에는 또 뭔가를 시험하는 중이라 생각하고 무시했었다.

워낙 이상한 것들을 많이 만들고 가끔 저런 폭음이 들려오기도 했기에, 그냥 또 무언가를 만들다가 실패했다고 생각하며 넘어간 것이다.

하지만 뒤이어 들려오는 소리는 절대로 실험에 의한 소리가 아니었다.

용이 울부짖는 소리가 들려오자 제갈세가의 가주 제갈명이 벌떡 일어나 제갈천이 있는 전각을 바라보며 소리쳤다.

"이, 이 소리는? 구룡기폭이다! 단순한 폭음이 아니었군. 침입자다! 비상을 걸어라! 대선각으로 모든 무인을 모아라!"

제갈명의 명령에 옆에 있던 총관이 다급한 표정으로 달려 나갔고, 곧바로 비상종 소리가 제갈세가 전체에 울려 퍼졌다.

대선각은 제갈천이 기거하는 전각의 이름이었다.

"그분께서 무공을 사용하실 정도면 엄청난 고수가 들어왔다는 소린데……. 감히 어떤 놈이 우리 세가를 일으켜 세우신 분을 해코지한단 말인가!"

처음 제갈천이 세가에 왔을 때 세가 사람들은 그를 우습게 여겼다.

어디나 그렇듯 직계가 아닌 방계가 받는 설움이었다.

하지만 제갈천은 자신의 엄청난 무공으로 가볍게 그들을 제압하고 순식간에 제갈세가를 장악했다.

처음에는 반발하던 이들도 그의 뛰어난 두뇌와 엄청난 무공에 감명받아 점차 그를 따르기 시작했다.

그 덕에 지금 제갈세가는 세가가 만들어진 이래 최고의 전성기를 누리고 있었다.

그렇기에 이들에게 제갈천은 절대적인 존재일 수밖에 없었다.

한편, 대선각에선 영웅이 축 늘어진 제갈천을 든 채 서 있었다.

"어라? 기절했네? 아이템을 착용했으면 더 오래 버텨야 하는 거 아닌가? 그리 강하게 때리지도 않았는데……."

아쉬운 표정으로 입맛을 다신 영웅은 리스토어를 사용해 제갈천을 깨우려 했다.

"멈춰라!"

이미 전각의 절반이 날아가 하늘이 보일 정도였기에, 안에서 무슨 일이 벌어지는지 밖에서도 훤히 보였다.

그리고 영웅이 들고 있는 제갈천의 비참한 모습은 비상종 소리에 달려온 제갈세가의 무인들의 눈에 생생하게 비쳤다.

그들의 눈이 온통 살기로 뒤덮이기 시작했다.

하나같이 제갈천을 구하기 위해서라면 목숨도 마다하지 않을 기세였다.

"어라? 생각보다 좋은 놈인가? 의외로 따르는 이들이 많네?"

영웅이 고개를 갸웃거리며 축 처진 제갈천을 바라보았다.

"그분을 무사히 우리에게 넘긴다면 오늘은 그대를 아무 탈 없이 보내 드리겠소."

"오늘은?"

영웅의 물음에, 선두에 있던 가주 제갈명이 포권을 하며 말했다.

"인사가 늦었구려. 나는 제갈세가를 책임지고 있는 가주, 제갈명이라고 하오. 그렇소. 오늘은 무사히 보내 드리겠소. 물론 충분히 피할 시간도 드리겠소. 1달 정도면 되겠소?"

진지한 표정으로 조건을 내세우는 제갈명을 보며 영웅은 지금 이게 무슨 상황인가 생각했다.

"그러니까…… 이자를 너희에게 무사히 넘겨주면 오늘은 나를 공격하지 않을뿐더러 내가 도망을 가든지 숨든지 할 시간을 1달이나 준다는 소리지?"

영웅의 말에 제갈명이 고개를 끄덕이며 말했다.

"그렇소. 제대로 알아들으셨구려."

"왜, 그냥 용서해 준다고 하는 것이 낫지 않아? 내가 수틀려서 이자를 죽이면?"

"그럼 그대도 이 자리에서 죽겠지."

제갈명의 몸에서 살기가 흘러나오기 시작했다.

"우리 세가의 모든 것을 다 동원해서라도 그대를 반드시 죽일 것이오. 알아 두시오. 우리 세가는 만만한 곳이 아니라는 것을 말이오."

"아항! 그러니까 너희는 나를 죽일 수 있다고 생각하는 거구나?"

영웅은 이제야 지금 상황을 이해했다.

"그런데 내가 엄청 강해서 너희가 전부 덤벼도 이기지 못할 거라는 생각은 안 하는 거야?"

영웅의 설명에 제갈명이 굳건한 눈빛으로 대답했다.

"그대가 강하다는 것은 잘 아오. 그대의 손에 들려 있는 그분은 우리 세가 역사상 가장 강한 무인이시니, 그런 분을 제압했다면 알 수 있는 부분이지. 어쩌면 그대의 말처럼 그대의 강함에 우리가 먹힐 수도 있소."

제갈명은 세가를 둘러보며 아련한 눈빛으로 말했다.

"그대를 죽이지 못한다면 우리 세가는 역사의 뒤안길로 사라지겠지. 다만 그대도 무사하진 못할 것이오. 우리 세가의 자랑 대파멸진이 세가 전체에 깔려 있소. 바로 그대의 손에 들려 있는 그분이 만드신 역작이오. 그 위력은 이곳 전체를 증발시킬 정도로 강하오. 아무리 그대라도 이곳을 빠져나가기 전에 그 진의 위력에 크게 당할 것이오. 나는 장담하오. 대파멸진의 위력이라면 그대를 반드시 죽일 수 있을 것이라고. 어떻소, 이제 우리의 제안이 이해가 가시오?"

영웅은 제갈명의 말에 고개를 끄덕였다.

그러고는 기절한 제갈천을 가만히 바라보다가 손바닥을 펼쳐 그의 이마에 얹었다.

그 모습에 제갈천을 해하려는 줄 알고 제갈세가 무인들이 일제히 검을 뽑았다. 털끝 하나라도 건드렸다가는 진짜로 목숨을 걸고 덤빌 기세였다.

하지만 영웅은 제갈천을 건드리지 않았다.

오히려 반대였다.

"리스토어."

화악-!

환한 빛이 제갈천의 몸을 감싸자 제갈명은 안도의 한숨을 쉬었다.

자신이 느끼기에 지금 저 기운은 활(活)의 묘리를 담고 있었다.

그는 영웅이 자신의 조건을 받아들여 제갈천에게 기운을 나눠 주고 있다고 생각했다.

제갈명은 뒤에 있는 세가의 무인들에게 자중하라는 신호를 내리고 가만히 지켜보았다.

잠시 후.

"으음."

제갈천이 눈을 뜨고는 멍한 얼굴로 주변을 두리번거렸다.

어디서 많이 본 자들이 자신을 뚫어지게 바라보고 있었다. 그러다가 아는 얼굴을 발견한 제갈천이 웃으며 말했다.

"허허, 가주께서 여기는 어쩐 일이시오?"

제갈천의 말에 제갈명이 다급하게 물었다.

"괘, 괜찮으십니까?"

"허허, 그럼 괜찮지요. 다들 여기엔 무슨……."

순간 이상한 기억이 떠올라 제갈천은 인상을 찌푸렸다.

"악몽을 꾼 듯하군."

머리가 아픈지 이마를 짚으며 고개를 흔들고 있을 때 뒤에서 소리가 들려왔다.

"꿈 아니야, 어서 일어나."

그 목소리에 제갈천은 온몸에 소름이 돋았다.

지금 이 목소리는 분명 악몽에서 들었던 목소리다.

제갈천이 떨리는 눈으로 천천히 고개를 돌렸다.

"잘 잤어?"

그곳에는 꿈속에서 보았던 악마가 환하게 웃으며 자신을

내려다보고 있었다.

"커헉! 꾸, 꿈이 아, 아니……."

그리고 다시 정신을 놓으려는 그때.

"또 기절하면 처음부터 다시 팬다."

번쩍-!

저 말에 제갈천의 눈이 자신도 모르게 번쩍 떠졌다.

뇌에서 내린 명령을 거부하고 몸이 저절로 반응한 것이다.

제갈천이 떨리는 동공으로 영웅을 바라보며 말했다.

"저, 정신 차렸소……."

그러자 영웅이 고갯짓으로 앞을 보라고 까닥거렸다.

그에 고개를 돌리자 자신을 바라보는 수많은 제갈세가 사람들이 눈에 들어왔다.

그제야 왜 영웅이 자신을 깨우고 저곳을 보라고 했는지 깨달았다.

지금 자신이 그렇게 애지중지하며 키워 온 세가가 최대 위기를 맞이한 것이다.

문제는 저기 순진무구한 놈들이 그것을 모르고 있다는 점이었다.

제갈천은 정신을 바짝 차렸다.

저들은 잘못이 없다.

전부 자신의 꼬임에 넘어간 죄밖에 없었다.

이리저리 눈을 돌리며 상황을 파악하고 있는 제갈천에게

영웅이 말했다.

"이들이 나를 죽이겠다는데? 대파멸진인가 뭔가로. 네가 만들었다며?"

그 말에 제갈천이 고개를 번쩍 들어 영웅을 바라보았다.

그는 대파멸진의 위력과 영웅을 비교해 보고 있었다.

'겨우 그 정도 위력으로 이자를 잡을 수 있을까?'

아무리 계산하고 또 해 봐도 영웅이 쓰러지는 그림이 그려지지 않았다. 오히려 세가가 멸문하는 그림만 그려졌다.

"뭘 그렇게 생각해? 그 진법으로 나를 잡을 수 있을까 고민하는 거야?"

영웅의 말에 제갈천이 고개를 저으며 말했다.

"그 진법으로는 그대를 잡을 수…… 없을 것 같소."

제갈천의 말에 영웅은 미소를 지었고, 제갈세가의 무인들은 동요하여 웅성거렸다.

제갈세가 역사상 최고의 천재이면서 동시에 최강의 무인인 제갈천의 입에서 처음으로 부정의 말이 나온 탓이다.

그는 항상 긍정적인 생각을 먼저 했다.

그것이 그의 원동력이었고 세가를 하나로 묶는 힘이었다.

그런데 그런 그의 입에서 부정하는 말이 나오다니.

제갈세가 무인들은 그제야 느꼈다.

오늘이 제갈세가 역사상 가장 큰 위기라는 사실을 말이다.

그것은 이어진 제갈천의 애원에 더욱더 피부에 와닿았다.

"이, 이들은 죄가 없소! 그, 그대도 알지 않소. 이, 이들은 나와 전혀 관계가 없는 자들이오. 그, 그저 나의 꼬임에 넘어가 나를 따른 죄밖에 없는 자들이오! 그러니 나만 데려가시오. 나만……. 이렇게 내가 간절히 빌겠소."

제갈천은 간절했다.

비록 다른 세계에서 온 그와는 정말 생판 남이나 다름없었지만, 그간 너무 많은 정이 들어 버렸다.

처음에는 이들을 잘 이용해서 이곳을 빠져나가려 했었다. 자신의 특기인 심령 각인으로 조종도 했고.

그런데 심령 각인으로 조종받은 이들이 가장 먼저 한 행동은 그를 돌보는 일이었다.

처음에는 각인이 잘못된 줄 알고 끊임없이 고민하고 연구했다.

하지만 결론은 진정한 가족의 사랑이었다.

비록 방계라 무시했을지언정 진정 가족으로 생각했고, 모든 명령 수행 전에 그부터 생각한 것이다.

사실 그는 제갈세가의 방계였다.

이곳이 아니라 현세에서 말이다.

방계여도 제갈의 핏줄이니 어떻게든 세가를 크게 키우려고 아등바등하며 노력했다.

하지만 가족들은 그런 그를 방계라는 이유로 천대하고 멀리했다.

그럼에도 제갈천은 묵묵히 자신의 일을 해 나갔고, 결국 현세에 있는 제갈세가를 오대세가로 다시 올리는 데 성공했다.

그렇게 오대세가에 이름을 올리자 중국 각성자 협회의 군사로 발탁되었고, 그제야 세가에서도 그를 장로에 앉히고 대우를 해 주었다.

그는 수없이 생각했다.

정말로 현세로 돌아가야 할까?

자신을 계륵 취급 하는 콧대 높은 놈들이 존재하는 현세로?

아니면 자신을 이렇게 아끼고 생각해 주는 이곳에 남아야 하나?

그의 고민은 오늘까지도 이어지고 있었고, 방금 무엇을 선택할지 결정했다.

'이 한목숨으로 저 녀석들이 살아갈 수 있다면…….'

그것이면 되었다.

무림을 혼란스럽게 하여 제갈세가를 무림의 일인자로 만들려던 계획은 오늘로 끝났다.

자신이 그동안 벌인 일들에 대한 죗값을 받는다고 생각하니 마음도 편해졌다.

제갈천은 영웅에게 더욱 깊게 고개를 숙여 용서를 구하고 저들에게 자비를 베풀어 줄 것을 간청했다.

"그대가 나를 보았을 때 분명히 찾았다라고 하였소. 그대는 파천회를 찾고 있었겠지."

"맞아."

"내가 바로 파천회요. 나 자신이 파천회 그 자체요. 하지만 저들은 아니오. 그저 내게 머물 곳을 제공해 준 고마운 아이들이오. 그러니 내가 그대에게 해를 끼쳤다면 나에게 푸시오. 나에게……."

제갈천의 말에 제갈명이 울부짖는 소리로 외쳤다.

"대부님, 그게 무슨 말씀이십니까! 어찌 저희를 위해 자신을 희생하려 하시는 겁니까!"

"닥쳐라! 나는 너희의 대부가 아니다! 네놈들을 이용해서 무림을 내 손아귀에 넣으려고 했을 뿐이다! 멍청한 놈들이 그것도 모르고 아직도 나를 대부라고 부르고 있는 것이냐! 한심한 놈들아!"

제갈천이 이렇게 외쳤지만, 그것을 믿는 이는 그곳에 단 한 명도 존재하지 않았다.

"우리는 대부님과 함께할 것입니다!"

"맞습니다!"

"대부님, 저희는 죽어도 대부님을 따를 것입니다!"

"저승에 따라가서도 대부님을 모실 것이니 그리 알고 계십시오!"

세가 사람들의 말에 제갈천이 눈물을 글썽이며 중얼거렸다.

"미친놈들이…… 눈치들이 이렇게 없어서 이 험한 강호를 어찌 살아가려고……."

제갈천의 중얼거림에 영웅은 미소를 지으며 말했다.

"걱정 마. 내가 살인마도 아니고 사람을 함부로 죽이지는 않는다. 하지만 이들에게 죄가 없는 건 아니지."

"그, 그러면 어찌할 것이오?"

"일단 나를 따라 무림맹으로 가자. 그곳에 너에게 피해를 입은 자들을 모두 부를 거야. 그들에게 용서를 구하는 것이 먼저다. 그러고 나서 제갈세가에 대한 처벌을 생각하지."

영웅의 말에 제갈천은 제갈명을 바라보며 말했다.

"다녀오마……. 세가를 잘 부탁한다."

"대부님……."

"너도 짐작하고 있지 않느냐. 이자는…… 우리가 상대할 수 없다. 그러니 지금 이 제안이 우리에게는 최선의 수다."

"저, 저도 따르겠습니다!"

"네 이놈! 너는 세가의 가주라는 놈이 어찌 이리 가볍게 행동한단 말이냐!"

"대부님!"

"……고마웠다, 이 늙은이를 반겨 주고…… 가족으로 여겨 주어서……."

다들 꽉 쥔 주먹에서 피가 흐르는 것도 모른 채 눈물을 흘리며 제갈천의 말을 듣고 있었다.

그런 그들에게 영웅이 희망의 말을 남겼다.

"그만! 약속하지, 몸성히 다시 제갈의 품으로 돌아오게 해준다고."

"저, 정말입니까?"

"내가 거짓을 말할 이유가 있을까?"

없었다.

저런 강자가 굳이 자신들의 눈치를 보며 거짓을 말할 이유는 없었다.

"알겠습니다. 그럼…… 부디 대부님을 잘 부탁드리겠습니다!"

제갈세가의 가주가 공손하게 절을 하며 간절히 빌었다.

"그러지."

슈팍-!

영웅은 그 말을 남기고는 제갈천과 함께 순식간에 사라져 버렸다.

순식간에 눈앞에서 사라진 영웅을 보며 사람들은 그제야 제갈천이 왜 그에게 대파멸진이 통하지 않을 것이라 했는지 깨달았다.

"우리가 진을 발동하기도 전에…… 그는 빠져나갔겠구나."

"대부께서 왜 저리 쩔쩔매셨는지 조금은 알 것 같습니다."

"당금 강호에 저런 고수가 있다는 소리는 들어 보지 못했습니다……."

"하아…… 잠깐 보았지만 그는 약속을 어길 남자가 아닌 것 같다. 그러니 믿고 기다려 보자."

"알겠습니다……."

"그 전에…… 대부님이 머무시던 이곳을 원상 복구 시켜 놓거라. 대부님께서 돌아오셨을 때 쉴 곳이 없으면 안 되지 않겠느냐."

처참하게 무너져 내린 대선각을 바라보던 제갈명이 말했고, 다들 고개를 끄덕였다.

무림맹에 절대 한자리에 모일 수 없는 사람들이 모두 모였다. 무림 역사상 전례가 없는 엄청난 광경이었다.

"허……!"

패력도제가 자신의 눈앞에 있는 사람들을 바라보며 고개를 저었다.

"아직도 믿을 수 없군."

패력도제가 바라보는 곳에는 밀월신교의 교주와 등천무제, 천검제가 나란히 앉아 있었다.

삼제와 삼제급 무인이 모두 모인 것이다.

거기에 마지막에 조용히 앉아 있는 자.

그가 자신의 정체를 밝히는 순간 패력도제는 자신도 모르게 도를 꺼내 공격할 뻔했다.

"마교주라니……."

믿을 수 없었다.

마교와 한자리에 앉아 있는 것도 믿기지 않는 일인데, 그를 더욱 놀라게 한 것은 바로 등천무제와 천검제가 마교주와 스스럼없이 대화를 주고받으며 웃고 있다는 것이다.

특히, 천검제는 처음에 자신과 같이 그를 경계하다가 누군가에게 무언가를 전달받았는지 이내 마교주에게 사과하고 저리 스스럼없이 웃고 떠들고 있었다.

자신이 꿈꾸고 있는가 해서 제 살을 꼬집어 보기도 하고 뺨도 때려 봤다.

하지만 아픈 걸 보니 꿈은 아니었다.

'내가 환술이라도 걸린 것인가?'

아무리 봐도 누군가가 펼쳐 놓은 환술에 걸렸다고 하는 것이 더 설득력 있는 상황.

더욱이 이들 모두가 누군가의 말에 의해 전부 모였다는 것에서 패력도제는 어이가 없었다.

'허, 참…… 천하에 있어 누가 이들을 오라 가라 한단 말인가? 아니…… 이들이 오란다고 올 사람들인가?'

패력도제는 그렇게 눈치를 살피다가 그나마 친한 등천무제에게 조심스럽게 물었다.

-이게 지금 무슨 상황인지 나에게 설명 좀 해 주겠나?

등천무제는 갑자기 날아온 전음에 패력도제를 바라보았다.

-기다리게. 아직 때가 아니네.

-때라니? 무슨 때?

-그분이 아직 안 오셨네.

-그분?

대화할수록 점점 더 미궁으로 빠지고 있었다.

무림에서 배분으로는 따를 자가 없는 등천무제가 그분이라는 극존칭을 쓰며 누군가를 기다리고 있는 것이다.

'뭐지? 혜광선사신가?'

자신들보다 위의 배분은 소림의 혜광밖에 없었다.

'그분은 무림사에 관심이 없으실 텐데…….'

한편, 이 장면에 넋을 놓고 있는 사람은 또 있었다.

바로 무림맹주 현재양이었다.

그도 패력도제와 같이 지금 이 상황이 무슨 상황인지 이해를 하지 못하고 있었다.

'아니…… 이게 가능한 조합이야? 삼제가 한자리에 모인 것도 엄청난 일인데…… 밀월신교라니! 거기에…… 마, 마교라니!'

현재양은 온통 이해할 수 없는 것들뿐인 이 상황을 이해하기 위해 자신의 머리를 쥐어뜯었다.

'도대체 왜! 왜 친하냐고! 어떻게 마교와 밀월신교하고 친할 수 있냐고!'

등천무제와 천검제가 마교주와 밀월신교주랑 대화하며 껄껄 웃고 있었다.

저들이 한패라고 하면 무림은 오늘로 끝이었다.

그나마 패력도제 역시 자신과 같은 표정으로 저들을 바라보고 있다는 게 작은 위안이었다.

눈을 이리저리 굴리며 어떻게든 상황을 파악하려 할 때, 문이 열리며 누군가가 들어왔다.

영웅이었다.

"다들 모여 계셨네요?"

영웅의 등장에 다들 환한 미소를 지으며 반기려 할 때였다.

"여기는 네가 낄 자리가 아니다. 나를 찾아온 모양인데, 다음에 다시 이야기하자꾸나."

패력도제 황보강이 영웅을 다시 밖으로 돌려보내며 그리 말했다.

영웅은 황보강의 행동에 어어 하면서 밖으로 밀려났다.

그때 등천무제가 그런 황보강을 제지했다.

"자네 지금 뭐 하는 것인가?"

"아, 미안하네. 내가 점찍어 둔 미래의 제자 놈인데 아직 무림에 대해 잘 모르네. 이해하시게."

"뭐? 제자? 누구를?"

등천무제가 눈을 동그랗게 뜨며 되묻자 황보강이 영웅을 가리키며 말했다.

"이놈 말이네, 여기 이놈."

황보강의 말에 등천무제가 어이없다는 표정으로 대꾸했다.

"그분은 나의 주군이시네. 더는 무례를 범하지 마시게!"

"응?"

분명히 이해할 수 있는 단어였는데 이상하게 이해가 되지 않았다.

주군이라는 명칭의 뜻이 자신이 모르는 사이에 바뀐 것인가?

그때, 마교주와 밀월신교주도 나서며 그에게 말했다.

"무제의 말씀이 맞소. 그분에게 무례를 범하지 마시오."

그 둘까지 나서서 영웅에게 그분이라는 단어를 쓰자 황보강은 왠지 현기증이 나는 것 같았다.

머리에서 나도 더는 무리라고 말하고 있었다.

"하하, 도제께서 많이 놀라신 듯합니다."

"주군, 오셨습니까! 보고 싶었습니다."

등천무제가 멍하니 서 있는 패력도제를 제치고 영웅의 손을 붙잡으며 환하게 웃었다.

"에이, 며칠이나 되었다고요."

그런 둘의 사이에 마교주와 밀월신교주도 끼어들었다.

"저도 있습니다!"

"부르심에 모든 것을 다 제쳐 두고 달려왔습니다!"

서로가 영웅에게 잘 보이기 위해 앞다투어 나서고 있었다.

그 모습이 마치 충성 경쟁을 하는 것처럼 보였다.

"이 사람들이? 내가 가장 먼저 주군을 모셨네! 자네들은 내 뒤야!"

등천무제가 자랑스럽게 고개를 치켜들며 얘기하자 마교주와 밀월신교주가 고개를 숙이며 분해했다.

그런 그들의 모습에 더는 참을 수 없었는지 황보강이 버럭 소리를 질렀다.

"이게 지금 무슨 상황인지 나도 좀 알자!"

황보강의 외침에 그곳에 있는 모든 이의 시선이 그에게 쏠렸다.

자리에 멍하니 앉아 있는 황보강.

등천무제와 사람들에게 영웅에 대한 이야기를 듣고 지금

이런 상태가 된 것이다.

자신이 제자로 삼으려고 했던 영웅이 이미 무신이라는 말을 들었을 때는 믿을 수가 없어서 대련까지 신청했다.

영웅은 당연히 흔쾌히 받아들였고, 단 한 방에 기절했다가 방금 전에 눈을 떴다.

그렇게 멍하니 있는 황보강을 뒤로하고 영웅은 자신이 원래 하려 했던 일을 진행했다.

파천회의 주인이 제갈천이었음을 밝힌 것이다.

무림맹은 파천회로 인해 이득을 얻은 유일한 단체였기에 현재양은 조용히 구석에서 그저 이야기만 경청하고 있었다.

영웅은 제갈천으로 인해 피해를 입은 단체장들에게 어찌할 것인지 물었다.

다들 심각한 표정으로 제갈천을 바라보며 말없이 앉아 있었다.

"따지고 보면 저희는 이득을 본 상황이니 용서하겠습니다. 뭐, 피해라고 해 봐야 이간질당한 것이 다고…… 욕이야 뭐 원래부터 들었던 것이니……."

먼저 마교주가 입을 열었다.

마교주의 말에 밀월신교의 교주 역시 고개를 끄덕이며 말했다.

"저희도 용서하겠습니다. 역시 이간질당한 것이 다고, 또 교도들이 피해를 입은 것은 아니니 적당한 보상만 해 준다면 그냥 넘어가겠습니다.”

마지막으로 가장 큰 피해를 입은 천검제가 감고 있던 눈을 천천히 뜨며 말했다.

“우리도 딱히 피해를 입은 것은 없다. 오히려 전화위복이 되어 천무성이 더욱 강해졌으니 우리 역시 이득을 본 상황이지. 덕분에 나도 더 강해졌고. 그러니 용서하겠다.”

제갈천을 용서하는 쪽으로 의견이 모였다.

이들이 이런 결정을 내린 것은 영웅의 영향이 컸다.

중원이 영웅의 손아귀에 있으니, 이권을 두고 투덕거리는 게 더 이상 의미가 없었다.

그런 상황에서 제갈천을 압박해서 뭘 하겠는가.

그러니 이렇게 맘 편히 용서할 수 있는 것이다.

거기에 영웅으로 인해 오히려 큰 이득을 본 상태였기에 딱히 불만도 없었다.

제갈천은 눈물을 흘리며 다시 한번 용서를 구했고, 그들은 향후 제갈세가에 그 어떤 위해도 가하지 않을 것을 약속했다.

평화로운 마무리에 모두가 기뻐할 때, 영웅이 제갈천과 이야기를 나눌 게 있다고 모두에게 나갈 것을 부탁했다.

“이제 어쩔 겁니까?”

잠시 뒤, 모두가 나가자 영웅의 말투가 바뀌었다.

그것이 오히려 적응이 안 되는 제갈천이었다.

영웅은 적아의 구분이 확실한 사람이었다. 이제 제갈천이 더는 적이 아니라고 판단했기에 그에 맞춰 예를 지키는 것이다.

"무, 무엇을 말이오?"

제갈천이 조심스럽게 묻자 영웅이 하늘을 가리키며 말했다.

"현세로 가실 겁니까? 가신다고 하면 데려가고요."

영웅의 말에 제갈천의 눈이 세차게 흔들렸다.

그토록 오매불망 기다리던 말이 아니던가.

그런데 이상하게 마음이 그것을 내켜 하지 않았다.

'이곳이 내가 있어야 할 곳이다. 이미 그리 정하지 않았는가.'

제갈천은 무림맹에 오기 전에 이미 마음을 정했다.

하지만 막상 원래 세상으로 돌아갈 수 있다는 말을 들으니 조금은 망설여졌다.

그 모습에 영웅은 가만히 기다려 주었다.

이미 한 번 경험한 적이 있지 않은가.

"역시 저는…… 이곳에 남겠습니다. 이곳이…… 이제 제가 있을 곳입니다."

제갈천의 말에 영웅이 고개를 끄덕였다.

"그럼 그렇게 하세요. 혹시라도 현세로 가고 싶으면 아까 밀월신교 있죠? 밀월신교가 있는 곳에 웜홀이 있으니 그곳으로 가시면 됩니다."

"감사합니다, 은인. 이제부터 저 제갈천은 당신을 평생의 은인으로 모실 겁니다!"

그리고 속으로 생각했다.

'죄가 있어 차마 주군으로 부르진 못하지만 평생을 주군으로 생각하며 살겠습니다.'

파천회의 일까지 마무리를 지은 영웅이 제일 먼저 한 일은 천무성을 다시 원상태로 돌려놓는 것이었다.

영웅은 백무상이 애걸복걸하며 제발 성주가 되어 달라고 매달렸음에도 과감하게 떼어 내고, 원래 성주로 예정되었던 첫째를 성주 자리에 앉혔다.

첫째 역시 자신은 아니라고 손사래를 치며 거절했지만, 영웅은 자신은 멀리 다녀올 데가 있다며 그를 설득했다.

처음에는 멀리 갔다 온다는 영웅의 말에 강력하게 반대했지만, 평생을 천무성을 위해 살았으니 이제 스스로를 위한 시간을 가지고 싶다는 영웅의 말에 결국 마지못해 허락하고 말았다.

이렇게 하나둘 문제들을 해결해 가는 동안 임시혁과 차태성에게는 폐관수련을 시켰다. 영웅은 등천무제를 비롯한 다른 이들과의 이별을 준비하고 있었다.

하나 이별이라고 하면 이들이 절대로 자신을 놔줄 것 같지 않았다.

"잠시 천계에 다녀와야 할 것 같아요."

이들을 설득하려면 신이 되어야 했다. 어차피 다들 신으로 믿는 마당이니 그냥 신 행세를 하기로 마음먹었다.

"처, 천계에 말씀입니까?"

영웅의 말에 다들 화들짝 놀라며 바라보았다.

벌써 얼굴이 일그러지며 눈물을 글썽이는 이도 있었다.

'이거 아무래도 한 번 더 와야겠군.'

"거참, 영원히 가는 거 아니니까 그런 표정 짓지 말아요. 오래 걸리지도 않을 겁니다."

"저, 정말입니까?"

"그럼 내 말 못 믿어요?"

"아닙니다! 소신은 믿습니다!"

"저도 믿습니다!"

"저희도 믿습니다!"

등천무제와 담선우, 그리고 밀월신교의 사람들까지 모두가 믿는다고 외치고 있었다.

"저쪽의 볼일이 끝나면 다시 올 테니까 부탁 좀 하고 가죠."

"명만 내리시옵소서!"

“천마신교와 중원무림이 충돌하지 않게 그대들이 중간에서 조율을 잘해 주었으면 좋겠어요.”

“알겠습니다! 반드시 실천하겠사옵니다!”

“저희가 무슨 일이 있어도 지킬 테니 걱정하지 마시고 다녀오십시오!”

영웅은 그들을 보며 고개를 끄덕였다.

때마침 폐관수련을 마치고 나온 임시혁과 차태성이 보였다.

“자, 이제 갈 시간이야.”

영웅의 말에 임시혁과 차태성이 고개를 끄덕였다.

반면 그곳에 있는 사람들 모두 침울한 표정을 지었다.

영웅은 고개를 절레절레 저으며 신전을 향했다.

사람들 역시 영웅을 따라 신전으로 이동했다.

신전에 가까워질수록 신전 중앙에 있는 아지랑이가 점점 밝아졌다. 그리고 눈이 부실 정도로 환한 빛을 뿜어내기 시작했다.

그 모습이 너무도 신비로웠기에 그곳에 모인 이들은 놀란 표정으로 아무런 말도 하지 못했다.

침묵을 깬 건 영웅이었다.

“내가 부탁한 거 꼭 잊지 마시고, 알았죠?”

“명심! 또 명심하겠사옵니다! 부디 늦지 않게만 돌아와 주시옵소서!”

"네, 최대한 빨리 오도록 할게요."

그렇게 말한 영웅은 손을 흔들고는 임시혁과 차태성을 데리고 빛 안으로 들어갔다.

잠시 후 언제 그랬냐는 듯 빛은 사라지고 아지랑이만 넘실거렸다.

"가셨구나……."

등천무제가 슬픈 목소리로 말하자 옆에 있던 담선우가 그의 손을 잡으며 말했다.

"곧 오신다고 하지 않았습니까."

"그렇지."

한편, 옆에 있던 밀월신교의 교인들과 교주는 방금 전 영웅이 사라진 아지랑이를 향해 절을 올렸다.

그리고 교주가 벌떡 일어나 말했다.

"월신님 말씀 모두 들었지! 이제부터 우리의 임무는 무림의 평화다!"

"충!"

"모든 수단과 방법을 가리지 말고 무림의 평화를 지킬 준비를 하라!"

"충!"

"이 모든 영광은 월신님께!"

"월신님께!"

"가자!"

“와아아아아!”

광신도들의 탄생이었다.

이제 이들은 무림의 평화를 위해서라면 무엇이든 할 것이다.

그런 그들을 바라보며 등천무제와 담선우 역시 결연한 표정으로 고개를 끄덕이고는 산을 내려가기 시작했다.

“시혁아! 태성아!”

연준혁이 둘을 보자마자 달려가 그들을 안았다.

“형!”

“준혁이 형!”

임시혁과 차태성 역시 연준혁을 꼭 껴안았다.

“크흑! 고, 고생 많았다. 이, 이 못난 형 때문에 고생 많았어!”

“아닙니다! 덕분에 주군도 만나고 등급도 올랐으니 오히려 형에게 고마워해야죠.”

“맞습니다. 감사합니다.”

둘의 말에 연준혁은 직감적으로 이들이 말한 주군이 영웅이라는 것을 깨달았다.

연준혁은 고개를 들어 영웅을 바라보았다.

그의 표정은 복잡했다.

하지만 가장 큰 감정은 고마움과 든든함이었다.

"감사합니다."

연준혁의 말에 영웅이 고개를 끄덕였다.

"그럼 그동안 못다 한 해후를 즐기세요. 저는 이만 집에 가 봐야겠네요."

"알겠습니다. 제가 다시 연락드리도록 하겠습니다."

연준혁이 아주 공손하게 영웅에게 인사했다.

그러나 임시혁과 차태성이 따라나서려 했다.

"내가 분명 해후를 즐기라고 했을 텐데? 가서 가족들도 보고 그동안 못 해 본 것들도 실컷 하고."

"충!"

영웅은 그들의 어깨를 두어 번 두드려 주고 방 밖으로 나갔다.

그런 영웅을 보며 연준혁이 말했다.

"저분으로 인해 세상의 질서가 바뀔 것이다."

연준혁의 말에 임시혁과 차태성이 격하게 고개를 끄덕였다.

"맞습니다! 저분은 세상에 강림하신 신이니까요."

"신?"

연준혁의 말에 임시혁과 차태성이 씨익 웃으며 말했다.

"소주 사 주시면 얘기해 드리지요."

"뭐? 하하하하! 소주뿐이겠냐! 말만 해라! 내 오늘 적금도 해지한다!"

"정말이십니까? 약속하셨습니다!"

"하하하하! 가자! 오늘 아주 죽자!"

"그 말 꼭 지키셔야 합니다!"

아주 환하게 웃으며 밖으로 나가는 세 사람이었다.

"헉헉헉!"

연신 거친 숨소리가 적막한 산속에 울려 퍼지고 있었다.

"자, 또 시작해 볼까?"

"주, 주군, 조, 조금만 더……."

지친 숨소리의 주인공은 바로 레드 그룹의 회장이자 S급 각성자인 천민우였다.

영웅은 무림 생활을 하고 나니 자신의 수하들이 너무 약하다는 것을 깨달았다.

S급 각성자가 약한 건 아니지만 상황을 보았을 때 앞으로 적이 많이 생길 것이다.

전의 차원에서는 딱히 인연을 만들지 않았기에 적들이 인질로 잡을 자들이 없었지만, 이곳은 달랐다.

가족들을 포함해서 정이 들어 버린 자신의 수하들까지, 지켜야 할 것이 너무도 많았다.

물론 자신의 사람들을 건드린다면 불살이고 나발이고 모조리 씹어 먹을 테지만, 그래도 자신이 올 때까지 버틸 무력은 있어야 할 것이 아닌가.

그래서 지금 천민우를 독하게 훈련시키고 있는 것이다.

"아직 멀었어!"

6장

영웅이 지금 하는 훈련법은 등천무제가 사람들을 훈련시키던 방법이다.

등천무제가 이런 식으로 훈련시켜서 빠른 속도로 사람들의 경지를 올리는 것을 두 눈으로 확인했기에 천민우에게 사용하는 중이었다.

목표는 영약을 먹기 전에 그 영약을 최대한으로 받아들일 수 있게 몸 안의 기운을 모조리 빼는 것.

원래대로라면 체력 훈련부터 해야 하지만 그것은 충분했기에 건너뛰었다.

"어서 일어나! 자, 또 간다!"

슈팍-!

순식간에 사라진 영웅.

"헉! 주, 주군!"

파앙-!

천민우의 앞에 나타난 영웅이 그의 옆으로 주먹을 휘둘렀다.

"크윽!"

영웅이 가볍게 휘두른 주먹이 주위의 대기를 뒤흔들었고, 그 파동에 천민우가 충격을 받으며 뒤로 밀려 났다.

맞은 것도 아니고 그저 휘두른 주먹에서 나온 충격파에 이렇게 속절없이 밀려 난 것이다.

"겨우 이것도 못 버티고 밀려 나면 어쩌자는 거야! 내가 다녀온 세상에 있는 자들은 이 정도는 우습게 버티고 나에게 달려들었어!"

아니다. 그런 사람 없었다.

그저 천민우를 자극하기 위해 하는 소리였다.

하지만 효과는 확실했다.

천민우의 눈에 독기가 어리기 시작했다.

"뭐라고요? 감히 주군에게 덤빈 종자들이 있단 말입니까! 으드득!"

자극을 받은 이유가 영웅이 생각한 것과는 달랐지만 어찌 되었든 자극에는 성공했다.

"으드득! 강해지겠습니다! 그래서 주군께 덤비는 놈들을 모조리 제 선에서 씹어 먹겠습니다!"

"그래! 그래야 내가 너를 믿고 너에게 나를 맡기지."

자신을 맡긴다는 말이 천민우의 귀에 맴돌았다.

'주, 주군께서 나를 저리도 믿고 계시다니…… 나, 나는 그것도 모르고 투정이나 부리고 있었구나.'

천민우가 자세를 바로잡으며 영웅을 바라보았다.

그 모습에 영웅이 씨익 웃곤 고개를 끄덕였다.

그리고 다시 시작된 영웅의 공격을 천민우는 아주 훌륭하게 막아 냈다.

쿠가각-!

퍼퍽-!

콰콰쾅-!

"쿨럭!"

연신 이어지는 강맹한 공격에 결국 힘이 다한 천민우가 저뒤로 나가떨어졌다.

영웅은 그런 천민우에게 다가가 살펴보더니 아주 만족스러운 얼굴을 했다.

"이 정도면 되었다."

"헉헉! 네?"

갑작스러운 말에 천민우가 영문을 모르겠다는 표정으로 바라보자 영웅이 주머니에서 무언가를 꺼냈다.

우황청심환을 담는 포장 용기 안에는 다른 환단이 들어 있었다.

하지만 천민우는 알아채지 못하고 의아한 표정으로 영웅을 바라보았다.

"갑자기 우황청심환은 왜?"

천민우의 말에 영웅이 피식 웃었다.

듣고 보니 정말로 비슷하긴 했다.

"이거 대환단이라는 건데."

"네에?"

"웜홀에서 한 번씩 나온다며, 영약으로."

"하, 한 번씩 나오는 게 아니고 실제로 존재하는지도 모르는 영약입니다!"

"그게 이거야."

"그, 그런데 그, 그것을 왜 꺼, 꺼내신 것입니까?"

"에이, 알면서 모른 척한다."

"제, 제가 뭐, 뭘 안다고 이러시는 겁니까?"

"자, 먹어. 지금."

"네?"

"지금 먹으라고."

"네?"

"아 씨! 어서 안 먹어? 지금 빨리 먹어야 효과가 가장 좋다고!"

"지, 지금 대, 대환단을 저, 저에게 주, 주시는 겁니까?

저, 저 먹으라고요?"

"그렇다니까? 빨리 먹어!"

"주, 주군! 자, 잠시만요! 그, 그걸 제, 제가 어찌 먹습니까! 아, 안 됩니다! 부디 다시 생각…… 헙!"

"아! 진짜 말 많네!"

천민우가 계속 횡설수설하자 영웅이 강제로 잡아서 입으로 넣어 버렸다.

"내가 알려 준 운기법으로 빨리 운기 시작해. 어서! 명령이다."

명령이라는 소리에 천민우가 재빨리 가부좌를 틀고 운기를 시작했다.

운기하는 천민우의 눈에선 눈물이 연신 흘러내리고 있었다.

그 모습을 보며 영웅은 미소 지었다.

천민우는 운기하면서 점점 무아지경에 빠져들었다.

그의 몸에선 황금빛 기운이 넘실거렸다.

"제대로만 흡수하면 얼추 SSS급까진 올라가겠군. 자, 그럼 다음 단계는 뭘 해야 하나?"

무아지경 중에 알 수 없는 오한을 느낀 천민우였다.

천민우는 그 후로 3일 동안 그 자세로 계속 운기를 했다.

그리고 마지막 날 천민우의 옷이 가루가 되어 사라지고 그의 피부가 벗겨지기 시작했다.

종국에는 몸이 서서히 공중으로 떠오르고 온몸의 세포와 뼈가 재구성되었다.

말로만 듣던 환골탈태가 지금 여기서 펼쳐진 것이다.

그런데 영웅의 눈에 무언가 이상한 게 들어왔다.

환골탈태를 하는 천민우의 몸에서 무언가가 움직였다.

'뭐지?'

영웅은 곧바로 초신안을 펼쳐 그것을 자세히 보았다.

처음에는 천민우의 피부가 분해되는 과정에서 나오는 부산물로 생각했는데 아니었다.

그것들은 아주 미세한 기계들이었다.

영웅은 깜짝 놀라며 그것들을 좀 더 자세히 보았다.

'저게 뭐야?'

그 기계들은 환골탈태를 하는 천민우의 몸 이곳저곳을 옮겨 다니며 뼈와 피부가 재구성될 때 다시 자연스럽게 몸과 융합했다. 융합한 뒤에는 더는 보이지 않았다.

'기계? 뭐지? 기계 같은 모습을 한 무언가인가? 환골탈태가 원래 저런 건가?'

경험해 보지 않은 일이라 심히 혼란스러운 영웅이었다.

한창 고민하고 있을 때 천민우가 눈을 번쩍 떴다.

"헉!"

그는 눈을 뜨자마자 자신의 몸 안에서 느껴지는 엄청난 기운에 화들짝 놀라며 벌떡 일어났다.

그러다가 영웅을 발견하고는 감격에 겨운 표정으로 그의 앞에 달려가 엎드리며 말했다.

"주군, 이 은혜를 어찌 다 갚는단 말입니까!"

천민우가 엉엉 울면서 외치자 영웅이 그의 등을 토닥이며 말했다.

"앞으로 계속 강해져서 나를 기쁘게 하는 것이 은혜를 갚는 길이다."

"충! 신 천민우, 명심하고 또 명심해서 더욱 강해지겠습니다!"

"그래, 일단 옷부터 입고 이야기하자."

"네?"

영웅의 말에 천민우는 재빨리 자신의 몸을 훑어보았다.

"헉! 주, 주군 제가 크나큰 겨, 결례를! 후딱 옷을 입고 오겠습니다!"

그리 말하고는 자신의 몸에 달린 무언가를 덜렁거리며 재빨리 달려 나가는 천민우였다.

"도련님!"

영웅이 집에 도착하니 한지우 비서가 반가운 표정으로 달려왔다.

영웅을 오랜만에 봐서 반가운 마음에 환한 얼굴로 달려온 것이다.

"어? 한 비서! 오랜만이야! 그동안 잘 지냈어?"

그런데 한 비서가 고개를 갸우뚱거렸다.

"네? 일주일이 긴 시간이라면 긴 시간이긴 한데……. 저를 그토록 보고 싶어 하셨다니…… 감동입니다, 도련님!"

그 순간 영웅은 무림과 이곳의 시간 차를 생각해 냈다.

'아차! 여기는 그렇게 많은 시간이 흐르지 않았지…….'

영웅이 자신의 멍청함을 탓하며 한 비서를 바라보았다. 좋든 싫든 한 비서는 엄청 감동하고 있었다.

'그래, 좋은 게 좋은 거라고…….'

"그, 그럼! 일주일이 정말로 엄청 긴 시간이었어!"

"크흑! 도련님!"

"아, 아니, 우, 울진 말고."

마음이 여린 한 비서였다.

영웅은 당황하며 한 비서를 달래 주었다.

그리고 한 비서에게 지시했던 일을 기억해 냈다.

'맞다. 전략기획팀을 구성하라고 했었지.'

영웅은 바로 한 비서에게 물었다.

"혹시 벌써 구성이 끝난 거야?"

"아니요. 생각보다 쉬운 일이 아니네요. 조금 더 시간이 필요합니다."

영웅의 말에 눈물을 닦고 진중한 표정으로 답하는 한 비서였다.

“응, 그 부분은 전적으로 한 비서에게 맡겼으니까 알아서 잘하도록 해.”

“물론입니다! 도련님께서 야망을 드러내셨는데 제가 가만히 있을 수는 없지요! 반드시 최고의 인재들로 구성할 것입니다!”

결의를 다지는 한 비서를 보며 빙긋 웃었다.

실패해도 상관은 없었다.

그저 지금의 이런 일들이 한 비서에게 좋은 경험이 되길 바랐다. 그 경험이 나중에 크게 써먹힐 테니까.

“전략팀이 짜인 것도 아닌데 어쩐 일이야? 자유로운 대학 생활을 즐기고 싶으니 당분간 나를 보좌할 필요 없다고 했잖아.”

영웅의 말에 한 비서가 진중한 표정으로 말했다.

“아! 사실은 회장님의 명령을 받고 왔습니다.”

“아버지? 아버지께서 왜?”

“도련님을 모셔 오라고 하셨습니다.”

“나를? 왜?”

“그건 저도 잘 모르겠습니다.”

영문을 모르겠다는 표정으로 한 비서를 바라보는 영웅이었다. 분명히 대학 생활 동안은 실컷 즐기라고 하신 분이 아버지였기 때문이다.

'뭐지? 생각이 바뀌신 건가?'

한 비서를 따라나서며 생각에 잠긴 영웅이었다.

천강 그룹.

재계 서열 7위로, 여덟 개의 계열사를 거느린 대기업이었다.

그중에서도 가장 큰 비중을 차지하는 것은 바로 각성자용품을 생산하는 천강전자였다.

웜홀 속에서 길을 안내해 주는 내비게이션과, 웜홀과 바깥세상의 통신이 가능한 특수 핸드폰이 주력 상품이었다.

두 번째는 건설업을 하는 천강물산이었다.

천강물산의 주 업무는 웜홀 속에 각성자 쉼터나 각성자들을 상대로 장사를 하는 이들을 위한 가게를 지어 주는 것이었다.

요즘은 웜홀 속에서 살고 싶어 하는 각성자들을 위해 집이나 아파트를 짓기도 했다.

그리고 천강 그룹을 지탱해 주는 천강에너지.

웜홀에서 캐내 온 귀중한 자원인 가드륨을 전기로 바꾸어 주는 곳이다.

여기서 생산된 전력은 한국전력에 팔려 나갔다.

현재 사기업이 생산하는 전력 생산량 중 가장 많은 양을 생산하는 기업이었다.

이 세 곳이 천강 그룹을 지탱하는 중심축들이다.

그리고 그중 두 곳에 이미 첫째와 둘째가 자리 잡고 있었다.

셋째는 이런 사업보다 레저나 쇼핑 쪽에 관심이 더 많았기에 백화점과 호텔, 리조트 쪽을 총괄하는 중이었다.

아무튼 영웅을 제외한 세 명의 자식들은 전부 그룹의 중요한 위치를 차지하고 있었다.

"흠, 딱히 나를 부르실 이유가 없는데?"

아무리 생각해도 이유가 떠오르지 않았다.

천강 그룹 본사에 도착한 영웅은 한 비서의 안내에 따라 움직였다.

엘리베이터를 타고 최상층으로 올라가니 회장 비서실에서 미리 기다리고 있었다.

"어서 오십시오, 강영웅 도련님. 회장님께서 기다리고 계십니다."

비서들의 안내를 따라 회장실로 들어가니 강백현이 반가운 얼굴로 영웅을 반겼다.

"오, 우리 아들 왔구나! 하하하하!"

환한 모습을 보니 딱히 무슨 문제가 있어서 부른 것 같진 않았다. 속으로 안도하고 같이 미소를 지으며 말했다.

"갑자기 부르셔서 깜짝 놀랐어요."

"하하하, 우리 아들하고 점심이나 같이 먹을까 하고 불렀지. 왜, 싫으냐?"

"아닙니다! 저도 아버지랑 점심 좋습니다!"

당당하게 말하는 영웅의 모습에 강백현의 미소가 더 진해졌다.

전에는 이런 모습을 한 번도 보여 준 적이 없었다.

언제나 주눅 든, 인생 패배자 같은 모습만 보였던 막내다.

한때는 그 모습이 보기가 싫어서 막내를 쳐다보지 않은 적도 있었다.

아무리 혼내고 달래도 변하지 않아서 실망을 많이 했었고.

그러나 지금은 세상 누구보다 당당했다.

"그래, 그래야 내 아들이지! 하하하하!"

더욱 기분이 좋아진 강백현이 영웅의 등을 마구 토닥거렸다.

"자, 가자."

"네!"

영웅은 강백현을 따라 서울 근교에 있는 고즈넉한 분위기를 풍기는 한정식집을 찾았다.

따로 방을 잡았는지 식당 종업원이 한쪽에 있는 가장 큰 방으로 안내했다.

문을 열자 안에는 이미 몇 명의 사람들이 있었다.

"오셨습니까, 회장님!"

"허허허! 그래, 내가 좀 늦었지? 미안하군."

"아닙니다! 저희도 방금 막 도착했습니다."

강백현은 영웅을 바라보며 말했다.

"인사하거라. 앞으로 네 일을 도와주실 분들이다."

"네? 네, 아, 안녕하세요."

'일이라니?'

당황한 표정으로 어색하게 인사하자 강백현이 크게 웃으며 말했다.

"하하하하하, 이 녀석이 당황했나 보군. 자 자, 앉지."

사람들이 앉자 영웅도 조심스럽게 눈치를 살피며 자리에 앉았다.

그런 영웅을 보며 강백현이 말했다.

"이 녀석아, 나중에 너도 한자리 차지해야 할 거 아니냐. 이 사람들은 너에게 경영을 가르쳐 줄 사람들이다."

"네?"

"놀라긴. 너도 대충 짐작하고 있던 거 아니었느냐? 이 녀석이 고등학교 3학년 내내 전교 일등, 아니 전국 일등을 하던 놈이네, 하하하하."

강백현이 기분 좋은 웃음소리를 내며 사람들에게 영웅을 소개했다.

"네, 들었습니다. 심지어 수능에서도 만점을 받으셨다고."

"하하하하! 그렇지, 만점을 받았지! 하하하. 그러고서 우리 천강대학교로 들어온 놈일세. 하하하하! 이 아비를 위해 천강대학교에 입학한 기특한 놈이야!"

행복한 표정으로 자신을 자랑하는 강백현을 보니 영웅은 자신도 모르게 웃음이 나왔다.

아버지가 저리도 좋아하시는데 까짓것 아무렴 어떠냐는 심정으로 웃으며 앉아 있었다.

그 후로도 한참을 칭찬하더니 드디어 저 의문의 사람들을 소개하기 시작했다.

"하하, 자 자, 여기 계신 분들을 소개해 주마. 자, 여기 이 사람은 우리 천강물류 김건하 이사."

"안녕하십니까!"

"네, 안녕하세요."

"여기는 비서실을 총괄하는 비서실장 박도윤."

"반갑습니다, 도련님."

"네, 가끔 뵈었죠?"

"하하, 그렇습니다. 앞으로도 잘 부탁드리겠습니다."

"그리고 여긴 전략기획팀의 팀장 성용현."

"반갑습니다, 도련님."

이제 마지막으로 한 명이 남았다.

무뚝뚝한 표정으로 앉아 있는 남자.

그는 이곳에 온 것이 영 마음에 들지 않는 표정이었다.

아주 대놓고 나 지금 여기 있는 거 엄청 싫다고 티내고 있었다.

"허허, 이 사람, 아무리 싫어도 너무 대놓고 그런 표정을 하고 있으면 내가 뭐가 되나."

"회장님, 지금 제가 이런 자리에 올 시간이 없다는 것을 잘 아시지 않습니까."

"그냥 밥 한 끼 먹고 가라고 부른 걸세."

"그게 아닌 것 같은데요."

"여기 승질 더러운 이놈은 우리 천강 그룹의 뿌리인 천강 이노베이션을 맡고 있는 SS급 헌터 전승만이야."

어쩐지 회장 앞에서도 당당하더니 다 이유가 있었다. 강백현보다 등급이 더 높은 각성자였던 것이다.

그 모습이 영웅의 눈에 별로 좋게 보이지 않았다.

"제 소개 다 하셨으면 저는 이만 가 보겠습니다."

"이 사람아, 식사라도 하고 가."

"바쁩니다. 그리고 앞으로 이런 자리는 만들지 않으셨으면 좋겠습니다."

그리 말하고는 벌떡 일어나 밖으로 나가는 전승만이었다.

"허어, 그 사람 하고는 참."

"회장님, 아무리 우리 천강 그룹에서 가장 중요한 자리라고는 하나 저자는 너무나 안하무인입니다!"

"맞습니다, 영웅 도련님 앞에서 아주 망신을 주고 가지 않았습니까!"

전승만이 나가자 나머지 사람들이 분통을 터트리며 입을 열었다.

"허어, 예전엔 안 그랬는데……."

"회장님께서 너무 오냐오냐 키우셔서 그렇습니다! 아무리 중요하다 해도 너무 기를 살려 주셨습니다."

"맞습니다! 트리플A급을 회장님께서 온갖 영약을 먹여서 SS급으로 만들어 주었는데 은혜를 갚기는커녕 저렇게 안하무인으로 나오다니!"

"제가 힘이 있었다면 당장 가서 주먹을 날렸을 것입니다!"

강백현도 표정이 굳어 있었다.

그 모습에 영웅은 가슴속에서 무언가가 툭 하고 끊어지는 것을 느꼈다.

하지만 여기서 티를 낼 수는 없었다.

영웅은 최대한 밝은 분위기를 만들기 위해 입을 열었다.

"하하, 저분께서 저에 대한 좋지 않은 소문을 들으셨나 봅니다. 아버지께 화가 나서 저런 것이 아니라 저 때문에 기분이 상하셨을 겁니다. 자 자, 그래도 맛있는 걸 먹으러 이 먼 곳까지 왔는데 일단 드시죠!"

영웅의 말에 다들 표정이 조금씩 풀리기 시작했다. 그 모습에 영웅은 더 활기찬 모습으로 술을 들었다.

"자! 제가 한 잔씩 올리겠습니다! 앞으로 잘 부탁드리겠습니다!"

영웅은 인사하면서 한 사람, 한 사람에게 술을 따라 주었다.

그 모습에 강백현의 표정 역시 풀리며 입가에 다시 미소가 돌아왔다.

하지만 영웅의 마음속에는 분노한 악마가 분을 삭이고 있었다.

영웅의 속에서 천불이 일어난 것을 알 리 없는 강백현은 어느새 저리 자라 당당하게 제 몫을 할 준비가 된 자식을 보고 자신도 모르게 눈물이 맺혔다.

그동안 얼마나 마음고생을 많이 했던가.

한때는 정말 사랑하는 자식을 포기해야 하나 고민했었다. 그때가 강백현의 인생 중에서 가장 괴로운 시기였다.

그랬던 영웅이 지금은 이렇게 커서 자식 중에 자신을 가장 기쁘게 해 주고 있었다.

영웅이 나서면서 분위기가 다시 올라왔다.

"하하, 어떤가? 우리 영웅이 다 컸지?"

"그렇습니다! 하하하, 저를 이렇게 부르셨다는 것은 물류 쪽을 맡기려는 것입니까?"

천강물류를 맡고 있는 김 이사의 질문에 강백현이 고개를 끄덕였다.

"그렇지. 어떠냐, 너의 생각은? 물류는 앞으로 무궁무진한 가능성이 있는 사업이다."

"저도 그렇게 생각합니다."

영웅이 싫은 내색 없이 웃으며 말하자 강백현이 고개를 끄덕였다.

"때를 봐서 적당한 자리에 앉혀 주마."

영웅은 되었다고 말하려다가 기뻐하는 아버지의 얼굴을 보고 그냥 두었다.

저렇게 좋아하시는데 싫다고 말하면 얼마나 무안하시겠는가.

"알겠습니다."

영웅이 순순히 받아들이자 더욱 환하게 웃는 강백현이었다.

예전 같았으면 온갖 패악을 부리며 난리를 부렸을 것이다. 형들과 누나에게는 잘나가는 계열사를 주면서 자신에게는 왜 물류를 맡기냐며 말이다.

사실 물류는 강백현의 최종 시험 같은 것이었다.

정말로 영웅이 확실하게 변한 것인지 확인하기 위함이다.

지금까지 연기한 것이라면 물류를 넘기겠다는 말에 인상이 찡그러지거나 본색을 드러냈을 터.

하지만 영웅은 그런 기색 없이 무덤덤하게 자신의 제안을 받아들였다.

오늘 강백현은 영웅이 그동안 해 온 것이 진심이었고 완전히 변했다는 것, 그것을 확인했다.

'정말로 변했군. 하하하, 이런 날이 올 줄이야. 하늘이시여, 감사합니다.'

하늘에 감사하는 마음을 가지며 영웅의 등을 연신 토닥이는 강백현이었다.

영웅은 그런 그의 손길이 너무도 좋은 나머지 가만히 그것을 느꼈다.

강백현은 영웅의 마음을 확실하게 확인했으니 제대로 된 자리를 주기로 마음먹었다.

"전략기획팀에서 영웅에게 적당한 자리를 마련해 봐."

"알겠습니다."

"경호팀은 후에 영웅이 출근하기 시작하면 경호할 인원들을 미리 선발해 두고."

"알겠습니다."

한 명, 한 명에게 지시를 내리고 비어 있는 한 자리를 잠시 바라보는 강백현.

그러다가 이내 고개를 돌리고 밝은 표정으로 말했다.

"자 자, 맛있게 먹고 들어가지!"

그렇게 화기애애한 식사가 시작되었고, 영웅은 방금 강백현이 바라보았던 빈자리를 보며 다짐했다.

빈자리의 주인공을 아버지가 죽으라면 죽는 시늉까지 할 수 있도록 만들어 놓겠다는 다짐 말이다.

"천강이노베이션의 전승만 사장이요?"

영웅은 그에 대한 정보를 얻기 위해 연준혁을 찾았다.

"네. 혹시 정보를 좀 얻을 수 있을까요?"

"하하, 알겠습니다. 당연히 드려야지요. 남도 아니신데…… 하하하."

은근슬쩍 한 식구라는 것을 강조하며 눈치를 살피는 연준혁이었다. 연준혁의 그런 모습을 본 영웅이 피식 웃으며 연준혁이 원하는 답변을 해 주었다.

"그렇죠. 저는 여기 협회 식구 아닙니까."

영웅의 대답에 연준혁의 입이 귀에 걸릴 정도로 커졌다.

누가 봐도 듣고 싶었던 대답을 들어서 행복한 표정이었다.

"그, 그렇죠! 하하하하! 제, 제가 지금 당장 자료를 뽑아오라고 말하겠습니다!"

함박웃음을 머금은 채 서둘러 나가는 연준혁을 바라보며

미소를 짓는 영웅이었다.

그리고 앞에 놓인 찻잔을 들어 올리는데 소란스러운 소리가 들려왔다.

우당탕탕—!

벌컥—!

"헉헉헉!"

"헉헉!"

차태성과 임시혁이 거친 숨을 몰아쉬며 나타난 것이다.

"주군!"

"주군! 오셨습니까!"

그들은 영웅이 왔다는 소식에 모든 것을 제쳐 두고 이렇게 달려온 것이다.

며칠 안 봤을 뿐인데 그들의 표정은 몇 년 동안 못 본 그리운 사람을 보는 듯한 모습이었다.

"어때, 다시 현실로 오니까? 가족들이랑은 회포를 잘 풀었고?"

"물론입니다! 하하하하, 나중에 정식으로 소개 올리겠습니다!"

"저 역시 소개 올리겠습니다!"

영웅의 말 한마디, 한마디에 행복해하는 표정이 가득했다.

"그런데 여기는 어쩐 일이십니까?"

"무슨 일이라도? 저희에게 명령만 내려 주십시오! 깨끗하게 해결해 드리겠습니다!"

충성심이 높다 못해 철철 넘치고 있었다.

"응, 어떤 놈이 신경을 긁어서 손 좀 보려고."

대수롭지 않게 말했는데 돌아오는 반응은 엄청났다.

둘의 몸에서 엄청난 살기가 사방팔방으로 퍼져 나갔다.

"감히! 어떤 개종자가 주군의 심기를 어지럽혔단 말입니까!"

"말씀만 하십시오! 당장 가서 철저하게 교육을 시키겠습니다!"

그때, 때마침 연준혁이 서류를 들고 방 안으로 들어왔다.

"뭐, 뭐야, 이 살기는? 너희 왜 그래?"

연준혁은 당황하며 지금 이게 무슨 상황인지 파악하려 애썼다.

이들이 설마 영웅에게 살기를 뿌렸는지 살피는 것이다.

만약 그것이 사실이면 협회 창단 이래 최고의 비상사태였다.

"으드득! 어떤 상놈의 새끼가 주군에게 불경을 저질렀다고 합니다!"

"준혁이 형, 그놈이 누군지 아십니까?"

불이 나올 것같이 활활 타오르는 눈빛으로 연준혁을 바라보며 물었다.

다행히 영웅에게 내뿜는 살기는 아니었다.

안도의 한숨을 쉬다가 방금 둘이 얘기한 내용을 기억했다.

"뭐, 뭐라고? 누가 뭘 어쨌다고?"

연준혁이 화들짝 놀라며 고개를 다시 번쩍 들었다.

"우리 주군의 심기를 어지럽힌 놈이 있답니다."

그 말에 연준혁의 손이 덜덜 떨렸다. 안도의 한숨을 쉴 때가 아니었다. 자신의 손에 들려 있는 자의 정보가 바로 그것인 것 같았다.

"설마 그 손에 들려 있는 게 그놈 정보입니까?"

"이리 주십시오."

둘은 사람을 죽일 듯한 인상으로 연준혁에게 다가갔다.

연준혁은 다급하게 말했다.

"이, 이건 영웅 님께서 요청하신 자료다! 설마 주군보다 먼저 보겠다는 것은 아니지?"

효과는 확실했다.

그 자리에서 걸음이 멈추더니 재빨리 영웅의 뒤로 달려가 부동자세로 서는 두 사람이었다.

그 모습에 연준혁은 혀를 내둘렀다.

한 성격 하는 저 둘에게 저런 충성심을 갖게 만들다니.

새삼 영웅이 대단해 보이는 연준혁이었다.

"이것입니다. 전승만. 나이 45세. 현재 SS급 각성자로 등록되어 있습니다."

“흠, 특성은 무엇입니까?”

“그의 특성은 무공입니다. 구벽신공(究劈神功)이 그의 주력 무공이군요. 특이점은 AAA등급에서 빠른 속도로 S급을 넘어 SS급까지 올라갔다는 것입니다. 아마도 그의 소속인 천강그룹에서 심혈을 기울여 키운 인재가 아닐까 생각합니다.”

심혈을 기울여 키웠다는 말에 영웅의 표정이 굳어졌다. 들은 대로 정말 은혜를 원수로 갚고 있었다.

영웅의 심기가 더욱 안 좋아졌다.

그것은 뒤에 서 있던 차태성과 임시혁에게도 전해졌다.

“저놈입니까?”

차태성의 질문에 영웅이 고개를 끄덕였다.

“아버지에게 무례를 범하더군. 그것도 다른 이들이 보는 앞에서…… 자식인 내가 보는 앞에서 말이야.”

영웅의 말에 왜 영웅이 이토록 분노하는지 깨달은 그들이었다.

차태성과 임시혁이 앞으로 나섰다.

“주군, 저희에게 맡겨 주십시오!”

“아주 단단히 교육을 시켜 데려오겠습니다!”

그런 둘의 모습에 영웅이 물끄러미 쳐다보았다.

그때, 연준혁도 옆에서 거들었다.

“저들에게 맡기시지요. 언제까지 전부 직접 처리하실 겁니까. 이제 사람을 다스리는 법도 배우셔야 합니다.”

연준혁의 말에는 마치 영웅을 자신의 윗사람으로 대하는 태도가 섞여 있었다.

연준혁까지 나서자 영웅은 잠시 고민했고, 이내 차태성과 임시혁을 바라보았다.

"그럼 부탁하지."

영웅의 입에서 나온 허락의 말에 차태성과 임시혁의 표정이 환해졌다. 저 말은 자신들을 수하로 인정했다는 뜻이었기 때문이다.

"충, 주군의 명을 충실히 이행하겠습니다!"

"일단 여기로 끌고 와. 그래도 내 아버지 일이니 내 손으로 교육시켜야겠어."

"충!"

영웅의 명령에 둘은 허리를 직각으로 꺾으며 인사한 후 서둘러 밖으로 나갔다.

이제 기다리기만 하면 될 일이었다.

"저들이라면 충분히 제압해서 데려올 것입니다."

연준혁의 말에 영웅이 그를 물끄러미 바라보았다.

"왜 그리 쳐다보십니까? 제 얼굴에 뭐라도 묻었습니까?"

연준혁의 말에 영웅이 한숨을 쉬며 입을 열었다.

"어쩐지 저를 윗사람으로 대하는 것 같아서 조금 불편합니다."

영웅의 말에 연준혁이 잠시 움찔하더니 그 자세로 가만히 서서 무언가를 한참 고민하기 시작했다.

그러더니, 마음을 정했는지 옷매무새를 단정히 하고는 영웅의 앞에 무릎을 꿇었다.

"뭐, 뭐 하시는 겁니까?"

"저, 저도 모시고 싶습니다! 마음이 그러라고 시키고 있습니다!"

"허……."

하는 행동이 이럴 것 같았지만 그래도 이렇게 빨리 할 줄은 몰랐다.

"부디 받아 주십시오! 앞으로 주군으로 모시겠습니다!"

이것은 갑작스러운 결정이 아니었다.

영웅과 대련을 한 뒤로 마음속에서 조금씩 싹트고 있었고, 그의 인품을 알아 가게 되면서 빠져들기 시작했다.

거기에 자신의 가장 큰 고민을 해결해 준 구세주가 영웅이었다.

화이트 웜홀에 갇힌 이들을 생각하며 밤잠을 설쳤는데, 이제는 맘 편히 잘 수 있었다.

하지만 자신은 남이었다.

영웅이 언제까지 자신과 협회를 지켜 줄지 알 수 없었다.

그것이 연준혁의 마음을 다급하게 만들었다.

만약 자신이 그의 수하가 된다면 적어도 수하의 어려움을 외면하진 않을 것이다.

그렇게 서서히 연준혁의 마음은 영웅에게 기울었다. 그것이 오늘 이렇게 터졌다.

차태성과 임시혁이 영웅을 주군이라 부르며 따르는 것을 보고 자신도 저기에 속하고 싶다는 욕구가 강렬하게 휘몰아친 것이다.

영웅은 자신의 앞에 무릎을 꿇고 엎드린 채 가만히 있는 연준혁을 바라보다가 일어나 그에게 다가갔다.

그리고 그를 일으켜 세우며 말했다.

"앞으로 잘 부탁해."

저 말에 모든 것이 담겨 있었다.

연준혁의 얼굴에 점차 희열이 차오르기 시작했다.

이제 자신도 당당하게 영웅의 품속에 있게 된 것이다.

남의 밑으로 들어가는데 이렇게 기분이 좋고 행복할 수가 있다니.

이제야 사람들이 왜 주군을 모시고 그렇게 따르는지 확실하게 알게 된 연준혁이었다.

"앞으로 충심을 다하겠습니다!"

영웅은 그런 연준혁의 등을 토닥이며 말했다.

"나는 내 수하가 약한 것은 못 봐."

그러더니 자신의 아공간을 열어 자그마한 병을 꺼냈다. 그 안에는 하얀 액체가 출렁이고 있었다.

"전에 준 대환단 아직 안 먹었지?"

"네? 네! 그, 그렇습니다!"

"지금 이거랑 같이 먹도록 해."

"이, 이게 무엇입니까?"

뽕-!

병뚜껑이 열리자 방 안 가득 차오르는 청량한 기운에, 연준혁은 온몸을 부르르 떨었다.

이런 기운이라니.

저건 절대로 평범한 액체가 아니었다.

"공청석유라고 하는 거야."

"컥! 고, 공청석유라고요? 그, 그건 시, 신화급 아이템인데!"

"자, 빨리 내가 보는 앞에서 그거랑 대환단 같이 먹어."

"주, 주군, 이, 이런 엄청난 것을 제가 어찌 먹습니까? 주, 주군께서 드십시오!"

"나는 그런 거 안 먹어도 강해. 어서 먹어. 명령이야."

영웅의 입에서 명령이라는 소리가 나오자 연준혁이 부들거리는 손으로 그 병을 받아 들었다.

그리고 품속에서 항상 소중하게 간직하고 다니던 대환단을 꺼내 입에 밀어 넣고 공청석유를 쭉 마셨다.

대환단과 공청석유가 입 안에서 서로 섞이며 물처럼 변해 식도를 타고 속으로 들어갔다.

"크윽!"

동시에 연준혁은 엄청난 열기를 느꼈다.

"크으윽!"

오장육부가 찢어지는 고통에 얼굴이 빨갛게 달아오르기 시작했다.

그런 연준혁의 등에 영웅이 손을 가져다 대며 말했다.

"어서 운기 시작해. 이러다가 약 기운 다 날아가겠다."

연준혁은 대답도 못 하고 재빨리 가부좌를 틀고 자리에 앉았다.

그와 동시에 운기를 시작했고, 그의 몸에서 오색찬란한 빛이 뿜어져 나왔다.

몸이 서서히 떠오르고, 동시에 천민우처럼 옷이 순식간에 가루로 변하며 사라졌다.

순식간에 알몸으로 변한 연준혁의 몸 여기저기가 갈라지기 시작했다.

빠작- 빠자작-!

피부가 나무 갈라지는 소리를 내며 갈라지고 있었다.

그리고 천민우처럼 온몸이 새로 구성되었다.

그 모습을 영웅은 유심히 지켜보았다.

역시나 천민우 때처럼 눈에 보이지 않을 정도의 미세한 입자들이 뭉쳤다가 흩어졌다가 하면서 움직이고 있었다.

마치 지능을 가진 것 같은 움직임이었다.

'역시 저번에 잘못 본 것이 아니었군. 저게 뭘까?'

초신안으로 확대해 보니 미세한 입자들의 생김새가 마치 이리저리 움직이는 수은처럼 생겼다.

수시로 모양이 변하고 이리저리 이동하며 연준혁의 기운을 빨아들이고 있었다.

함부로 건드렸다가는 연준혁에게 무슨 일이 생길지 몰라서 그저 지켜만 보았다.

'저 미세한 입자에서 각성자들이 내뿜는 그런 기운이 느껴지는데? 뭐지, 저게 각성자를 만드는 원인인가?'

신기한 현상이었다.

영웅이 그렇게 미세한 입자들을 보며 생각에 빠져 있을 때, 연준혁의 몸이 다시 원래대로 돌아오기 시작했다.

수은 같던 미세한 입자들이 연준혁의 몸에 흡수되고 그의 세포와 일체화되었다.

천민우 때 엄청난 파동이 사방으로 퍼진 것을 기억해 낸 영웅은 방 안 전체에 보호막을 펼쳐 놓았다.

혹시 모를 소란에 대비한 것이다.

쩌엉-!

아니나 다를까 거대한 기파가 사방으로 퍼지며 영웅이 만들어 놓은 보호막에 부딪쳤다.

부딪친 기운이 갈 곳을 잃고 다시 연준혁의 몸으로 흡수되었다.

영웅은 소란을 방지하기 위해 보호막을 펼친 것인데 그것이 연준혁에게 커다란 기연이 되었다.

조금의 소실도 없이 온전히 영약의 모든 기운을 모두 흡수한 것이다.

그것은 연준혁이 그토록 갈망하던 등급 상승을 이루어 주었다.

눈을 뜬 연준혁.

그는 지금 생전 처음 보는 엄청난 힘을 느끼고 있었다.

이게 지금 어찌 된 일인지 갈피를 잡지 못하는 그의 몸 안에는 세상을 뒤집을 수 있을 듯한 엄청난 양의 에너지가 넘실거렸다.

연준혁은 영웅을 바라보았다.

여전히 그는 평범했다. 그 어떤 기운도 느껴지지 않는, 그저 그런 일반인 같은 모습이었다.

"제가…… 아니, 제 몸에 아무래도 엄청난 일이 벌어진 것 같습니다. 제 경지가 어떤 경지일까요? 서, 설마 경지를 넘어선 것일까요?"

연준혁이 떨리는 목소리로 영웅을 바라보며 물어 왔다.

영웅은 잠시 생각하더니 손뼉을 치고는 4차원의 공간을 열어 만물의 눈을 꺼냈다.

자신이 기억하기로 연준혁의 등급은 SSS급이었다.

영웅이 만물의 눈을 끼고 자신을 보자 침을 꿀꺽 삼키며 결과를 기다리는 연준혁.

[초각성 인간 - 도황]

[등급 : Legend]

[초인력 : 375,000]

[현재 상태 : 흥분, 긴장, 초조]

[선악력 : 선-90% 악-10%]

[포스 분석 : 순수하고 정제된 강력한 기운]

"레전드네."

영웅의 입에서 나온 말에 연준혁의 눈이 크게 떠졌다.

"저, 정말입니까? 제, 제가 레, 레전드……."

금방이라도 울 것 같은 표정으로 되묻는 연준혁에게 영웅이 고개를 끄덕거렸다.

"저, 정말…… 제, 제가 레전드라고요? 제, 제가요?"

믿기지 않는 표정으로 자신의 몸과 영웅을 번갈아 바라보는 연준혁.

"일단 옷부터 입고 감탄하면 안 될까?"

영웅의 말에 연준혁이 멍한 표정으로 한참을 가만히 있다가 정신을 차렸는지 뒷머리를 긁으며 말했다.

"하하, 알겠습니다. 주군, 잠시만 실례하겠습니다."

잠시 후, 깔끔한 정장을 입고 다시 나타난 연준혁이 영웅 앞에서 아주 공손하게 고개를 숙이며 감사 인사를 했다.

"전부 주군 덕입니다. 주군을 만난 것은 제 인생에 있어서 가장 큰 축복입니다.”

“금칠은 그만, 낯간지럽다.”

연준혁은 대수롭지 않게 말하는 영웅을 보며 따뜻한 미소를 지었다.

누구나 탐내는 엄청난 영약을 아무런 대가도 없이 단지 자신의 수하라는 이유로 내놓은 남자다.

자신이라면 절대 할 수 없는 행동이었다.

그릇 자체가 달라도 너무 달랐다.

자신이 간장 종지라면 영웅은 대해였다.

영웅의 품 안은 자신이 생각했던 것보다 더 포근하고 아늑했다.

이렇게 한국이라는 작은 나라에 전 세계에 단 세 명만 존재하는 레전드가 또 한 명 탄생했다.

물론 그것을 아는 사람은 단지 한 사람, 영웅뿐이었다.

천강이노베이션.

천강 그룹의 알파이자 오메가.

그룹에서 가장 많은 매출을 올리고 있는 천강전자와 천강에너지에 없어서는 안 될 가드륨을 웜홀에서 가져오는 곳이 천강이노베이션이었다.

당연히 그곳의 직원들 대부분이 헌터였다. 웜홀은 헌터가 아니면 입장할 수가 없기 때문이다.

그렇기에 그룹 내에서 대우가 가장 좋은 곳이 바로 이곳, 천강이노베이션이다.

이노베이션의 사장인 전승만은 홀로 술집에 앉아 자작을 하고 있었다.

"젠장, 언제까지 내가 남의 밑에서 이런 노가다나 해야 하는 거야! SS급 각성자인데!"

그러면서 연거푸 술잔을 비웠다.

"다른 각성자들은 대우받으면서 떵떵거리고 사는데, 젠장!"

강백현이 자신에게 베푼 은혜는 이미 잊은 듯 보였다.

그가 아니었다면 절대로 SS급에 올라설 수 없었을 것인데, 사람의 마음이 화장실 가기 전과 나온 후가 다르다더니 전승만이 딱 그 경우였다.

그렇게 신세를 한탄하며 술을 마시고 있는데, 누군가가 자신을 향해 다가오는 것이 느껴졌다.

전승만은 돌아보지도 않고 나직한 목소리로 경고했다.

"오늘 나 기분이 안 좋다. 시비 걸 거면 다른 데로 가라."

쭈우욱-!

그리 말하고 다시 술잔의 술을 깊게 빨아들이는 전승만.

하지만 그의 경고는 통하지 않았다.

"네가 전승만이냐?"

반말.

이건 명백한 도발이자 시비였다.

"하아, 내가 분명히 경고했을 텐데? 나 오늘 기분 별로라고."

전승만의 고개가 드디어 돌아갔다.

그런 그의 눈에 두 사람이 들어왔다.

전승만이 익히 아는 얼굴들이었다.

차태성과 임시혁.

하지만 둘은 전승만을 몰랐다. S급 아래로는 관심조차 주지 않았기에 전승만을 알 리 없었다.

반대로 차태성과 임시혁은 각성자들 사이에서 스타였다.

국내에 몇 없는 SS급이 아니던가.

그들은 전승만에게도 꿈이자 목표였다.

그래서 언제나 그들의 사진을 바라보며 각오를 다지곤 했다. 그렇기에 그들을 한눈에 알아볼 수 있었다.

전승만은 흐뭇했다.

이들은 자신을 인정하고 말을 건 것이리라.

이제 같은 SS급이 아니던가.

한껏 거만해진 전승만이 고개를 치켜들고는 말했다.

"하하, 이것 참. 그 유명하신 SS급 각성자님들을 이렇게 만나 뵙게 되다니 영광입니다, 하하."

전승만이 한껏 웃으며 말을 했는데 돌아오는 답변은 싸늘했다.

"말이 많군. 분명 네놈이 전승만이냐고 물었을 텐데?"

상대방의 고저 없는 목소리에, 전승만의 이마에 핏줄이 꿈틀거렸다.

전승만은 어이가 없다는 표정으로 임시혁을 바라보며 기분 나쁜 목소리로 말했다.

"하하, SS급이라고 그렇게 막 함부로 말하고 그러면 안 되는데? 다른 이들에겐 그런 말이 통했을지 몰라도 나는 아니야. 나도 SS급이거든."

전승만의 말에 임시혁이 피식 웃었다.

퍼억-!

"커헉!"

분명히 임시혁의 입꼬리가 올라간 것만 보였는데, 어느새 그의 주먹이 복부에 꽂혀 있었다.

'크윽! 이, 이게 뭐야? 어, 언제 주먹이?'

전승만이 당황하며 뒤로 물러서자 임시혁이 놓치지 않고 따라붙어 다시 주먹을 날렸다.

빠악-!

"켁!"

"거참, 말 더럽게 많네. 일단 전승만이 맞는 거 같으니 좀 맞자."

"무, 무슨?"

퍼억-! 퍼퍼퍽-!

"커컥! 꾸에엑!"

임시혁이 열심히 전승만을 다져 놓기 시작하자 차태성은 주변 정리에 들어갔다.

"아아, 신경 쓰지 마세요. 각성자 협회에서 나왔습니다. 난동을 피우는 각성자가 있다고 해서요. 그래도 혹시 모르니 잠시 대피해 주시면 감사하겠습니다."

가게 주인에게도 보상을 해 주겠다고 말하며 대피시켰다.

이제 그곳에는 열심히 처맞고 있는 전승만과 임시혁, 그리고 차태성만 남아 있었다.

맞기만 하던 전승만이 그래도 나름 SS급 각성자라고 반항하기 시작했다.

"크악! 이 새끼들이! 내가 당하고만 있을 것 같으냐! 하앗, 만천벽파(滿天劈破)!"

추ㅊㅊㅊㅊㅊ-!

전승만의 몸에서 쏟아진 수백 개의 강기 다발이 마치 추적 미사일처럼 임시혁과 차태성을 향해 날아갔다.

그 모습이 마치 다연장 로켓이 미사일을 쏘아 내는 것 같았다.

콰콰콰콰콰쾅-!

"사람들을 미리 대피시켜 놓길 잘했네."

"야, 그거 하나 제대로 제압을 못 해서 기술을 쓰게 만들어?"

"에이 씨! 네가 해 봐! 꼴에 SS급이라고 맷집이 제법 된다고!"

"일단 저거부터 처리하자."

"오케이, 회축!"

후웅—!

임시혁의 회축이 자신들을 향해 날아오는 강기 다발들을 사방으로 튕겨 냈다.

"환상금강벽(幻像金剛壁)!"

차태성은 주변에 보호막을 펼쳐 피해를 최소화시켰다.

피해가 커질수록 손해배상액도 커지기 때문이다.

떠더더더더덩—!

철판 부딪치는 소리와 함께 전승만의 공격은 차태성이 펼쳐 놓은 보호막에 부딪쳐 소멸되었다.

자신의 공격이 너무도 쉽게 소멸되자 전승만은 당황했다. 분명 같은 SS급인데 이렇게 실력 차가 날 줄은 몰랐다.

심지어 방금 기술은 자신이 가장 자신 있어 하던 고급 기술이었다.

'젠장! 역시 명불허전이라 이건가. 같은 급이라고 해도 실력은 천지 차이라더니 사실이었나?'

이제야 사태의 심각성을 깨달은 전승만이었다. 자신의 힘으로는 절대 저들을 벗어날 수 없다는 사실을 깨달았다.

"도대체 왜 이러시는 것이오! 아무리 생각하고 또 생각해도 협회와 척을 지거나 잘못한 일이 없는데 어찌 이러시는 것입니까!"

전승만은 아무리 머리를 굴리고 또 굴려 봐도 협회나 저 둘과 척을 진 적이 없었다. 물론 잘못한 적도 없었다.

저들을 흉보거나 그런 적도 없었고, 저들과 연관성이 있는 무언가를 한 적도 없었다.

그런데 갑자기 들이닥쳐서 이러니 미치고 환장할 노릇이었다.

"저거 아직 정신 못 차렸네. 주군처럼 확실하게 제압해 봐."

"에이 씨! 맷집이 좋다니까."

임시혁이 투덜거리면서 뛰어나갔다.

"자, 잠깐! 이, 이유나 좀 알고……."

"닥쳐!"

휘리릭- 후웅—!

빠바바바바바박-!

임시혁의 화려한 발 차기가 전승만의 몸 구석구석에 꽂히기 시작했다.

"케엑! 꾸엑! 끄아아악!"

맞는 도중에도 열심히 목청껏 소리를 지르는 전승만이었다.

이내 때리던 임시혁이 고개를 절레절레 흔들었다.

진짜 맷집 하나는 끝내줬다.

보통 SS급이었다면 진작 기절하고도 남을 위력인데도 저리 버티고 있는 것이다.

"너 힘 안 쓰고 있냐?"

차태성이 고개를 갸웃거리며 묻자 임시혁이 짜증을 냈다.

"야! 저 새끼 맷집이 좋다고! 몇 번을 말해!"

"아니, 아무리 좋아도 그렇지 네 발 차기를 저렇게 버틴다고?"

"나도 미치겠다, 나도! 중원이 아니라서 기력이 달리나? 내가 더 당황스럽네."

그렇게 말한 임시혁의 표정이 진중해졌다.

"천패일점(天敗一點)!"

임시혁의 발에 엄청난 기운이 집중되자마자, 발 차기가 눈에 보이지도 않을 속도로 전승만의 복부에 명중했다.

쩌억-!

지금까지와는 전혀 다른 타격음이 들리며 그토록 버티던 전승만의 몸이 서서히 무너져 내리기 시작했다.

쿵-!

입에 게거품을 물고 기절한 전승만을 보며 혀를 내두르는 임시혁이었다.

"와! 진짜 맷집 쩌네."

"그러게. 네 발 차기를 그렇게 처맞고도 이렇게 오래 버틴 놈은 이놈이 첨이다."

"일단 기절했으니 주군께 데리고 가자."

임시혁의 말에 차태성이 고개를 끄덕이고는 전승만을 들쳐 멨다.

"제압하느라 고생했으니 이건 내가 들고 가지."

차태성의 말에 임시혁이 피식거리고는 그의 등을 툭 쳤다.

그와 동시에 차태성은 빠른 속도로 사라졌다.

남은 임시혁은 가게 주인을 불러서 피해 보상에 관한 이야기를 시작했다.

영웅은 자신 앞에서 꿈틀거리는 사람을 아주 차가운 눈으로 내려다보았다.

"생각보다 상태가 괜찮은데? 제대로 손봐 주고 데려온 거 맞아?"

영웅의 질문에 차태성과 임시혁이 움찔했다.

'제대로 손봐 줬다고 해도 되나…….'

워낙에 맷집이 좋아서 생각보다 효과가 크지 않은 것 같았다.

대답을 못 하고 쭈뼛거리는 임시혁을 보며 영웅이 고개를 흔들었다.

아무리 봐도 교육한 것이 아니라 간신히 제압해서 데려온 모양새였다.

영웅이 실망한 표정을 지어 보이자 임시혁은 철렁거리는 심장을 부여잡고 간신히 입을 열었다.

"주, 주군! 그, 그게 아니고…… 그, 그놈 맷집이 장난 아닙니다. 워낙 강골에다가 맷집까지 좋고 충격을 흡수하는 체질까지 가지고 있습니다."

임시혁의 다급한 말에 영웅이 호기심 어린 표정으로 물었다.

"뭐? 그런 체질이 있어?"

그 모습에 속으로 안도의 한숨을 내쉬며 재빨리 대답했다.

"네, 중원에서는 그걸 금강지체라고 불렀습니다."

"아아! 들어 본 것 같아. 태어날 때부터 몸이 금강석처럼 단단해서 금강지체, 맞지? 그런데…… 얘가 금강지체라고, 얘가?"

영웅이 어이없다는 눈으로 계속 묻자 임시혁이 고개를 끄덕였다.

"뭐 상관없나."

금강지체고 나발이고 일단 전승만이 자신의 아버지에게 했던 무례부터 바로잡고 볼 일이었다.

"리스토어."

영웅의 손에서 빛이 뿜어져 나와 전승만의 몸으로 흡수되었다.

벌떡.

빛이 흡수되자마자 신선한 생선처럼 팔딱거리며 일어나는 전승만이었다.

하지만 정신이 온전히 돌아오지 않았는지 잠시 멍하니 앉아 있다가 고개를 흔들고 주변을 둘러보았다.

전승만의 눈에 자신을 이곳으로 데려왔을 임시혁과 차태성이 보였고, 그 옆에 어디서 많이 본 듯한 인상의 남자도 보였다.

그리고 그는 기억해 냈다.

얼마 전에 강백현 회장과의 식사 자리에서 소개받은 영웅이라는 것을.

'뭐지? 저 자식이 왜 여기에 있지? 서, 설마 협회에 나를 까 달라고 의뢰했나?'

전승만은 떨리는 눈으로 영웅을 노려보며 계속 생각했다.

'그래, 그거였어. 이제 말이 되네, 이 샹놈의 새끼가!'

전승만은 모든 일의 배후가 바로 눈앞의 영웅이라는 결론을 내렸다.

그리고 곧바로 영웅을 공격하려고 하는 그때.

푹-!

"끄아아아악!"

영웅이 자신을 노려보는 전승만의 눈을 찔러 버렸다.

"아까부터 아주 그냥 레이저를 쏠 듯 째려보네. 뭘 잘했다고."

갑작스러운 눈 찔리기에 바닥을 데굴데굴 구르며 고통스러워하는 전승만.

하지만 지금부터 시작될 구타에 비하면 눈이 찔린 고통은 아무것도 아니었다.

"이제부터 내가 너를 참사람으로 만들 거야. 언제나 감사하는 마음을 가지고 살게끔 말이지."

전승만의 귀에는 영웅의 말이 들려오지 않았다.

당황, 분노, 고통이 뒤섞여 그의 머릿속은 영웅을 찢어 죽이겠다는 생각뿐이었다.

하지만 그 생각은 영웅의 첫 손길에 연기처럼 사라졌다.

쩌억-!

북 찢어지는 소리를 내며 복부에 꽂힌 영웅의 주먹.

얼굴이 새하얗게 변하고 눈이 튀어나올 정도로 커진 전승만이 꺽꺽거렸다.

태어나서 처음 느껴 보는 고통이었다.

쩌억-!

이어지는 또 다른 손길 역시 소리도 안 나올 정도로 고통스러웠다.

빠각– 뿌드득– 쩌적–!

본격적으로 영웅이 전승만의 온몸을 어루만져 주기 시작했다.

하지만 그 손길은 오래가지 못했다.

전승만이 거품을 물고 다시 기절한 것이다.

사실 처음 손길에서 느껴진 엄청난 고통에 이미 정신이 반쯤 나가 버렸다.

그 상태에서 연달아 손길이 들어오니 곧바로 정신을 놔 버린 것이다.

"뭐야? 맷집 좋다며."

영웅이 고개를 홱 돌려 임시혁을 노려보며 말했다.

임시혁은 당황하며 바닥에서 꿈틀거리는 전승만을 바라보았다.

"어? 이, 이게 아닌데? 왜 이리 쉽게 기절하지?"

임시혁과 차태성은 영웅에게 맞아 본 적이 없기에 지금 이런 반응을 보이는 것이다.

만약 천민우나 김 사장이었다면 충분히 이해하며 고개를 끄덕였을 터다.

"에이 씨! 이런 약골을 무슨 금강지체라고."

영웅은 투덜거리며 다시 리스토어를 걸어 전승만을 원상

복귀 시켰다.

전승만이 슬그머니 눈을 떴다.

"헉!"

그런데 영웅이 얼굴을 바짝 들이대며 쳐다보고 있었다.

"이번엔 좀 버티자, 응? 알았지?"

"응? 네? 무, 무슨?"

자신도 모르게 절로 존대가 튀어나왔다.

의문은 곧 해결되었다.

쩌억-!

'데자뷔인가? 방금 이런 고통을 느꼈던 것 같은데?'라는 생각과 함께 다시 정신이 아득해지는 전승만이었다.

그렇게 서서히 정신을 놓으려는 순간 몸에 짜릿한 기운이 들어왔다.

빠지지직-!

"끄아아악!"

"이게 어디 은근슬쩍 또 정신을 놓으려고 수작을 부려!"

전승만이 정신을 놓으려 하자 영웅이 뇌전을 뿌린 것이다.

그 뇌전 한 방에 정신이 다시 돌아온 전승만은 영웅이 때리면 때리는 대로 맞아 가며 그 고통을 그대로 느껴야만 했다.

이번에는 쉽게 기절하지도 못했다.

잠이 막 들려는 찰나에 깨면 다시 쉽게 잠들지 못하는 것처럼 기절조차 되지 않았다.

빠악-!

그러던 찰나에 머리에 강력한 충격이 왔고, 그대로 정신을 잃어버렸다.

하지만 그 후로도 수십 번 넘게 기절했다가 깨고, 기절했다가 깨고를 반복했다.

마지막에 영웅의 새로운 주특기인 해피타임을 당하고서야 겨우겨우 영웅과 대화할 수가 있었다.

전승만은 마지막에 당한 해피타임에 넋이 나간 상태였다.

"어라? 정신이 또 나갔네? 덜 행복한가?"

영웅의 중얼거림을 들은 전승만은 순식간에 정신이 돌아왔다.

"헉! 아, 아닙니다! 해, 행복합니다! 저, 저는 행복합니다!"

바들바들 떨면서 영웅의 바짓가랑이를 잡고 자신은 행복하다고 외치고 있었다.

처음에는 자신을 배신하지 못하도록 하기 위해 만든 일종의 족쇄 같은 역할이었는데, 자신에게 맞는 것보다 이것에 당하는 것을 더 무서워하는 걸 보고는 누군가를 제압하거나 지금처럼 교육시킬 일이 있으면 이 기술을 사용했다.

그 덕에 기술은 점차 발전했고 지금은 고통을 주면서 치료까지 같이하는, 말 그대로 무한 고통을 줄 수 있는 경지까지 올라온 상태였다.

절대로 해피하지 않은 이 기술을 해피타임이라 이름 지었고, 지금까지 잘 사용 중이었다.

보통 이 기술을 당하고 나면 지금 전승만처럼 행동했다.

다시는 겪고 싶지 않은 지옥의 고통, 아니 지옥에 가도 이런 고통은 없을 것 같은 그런 고통이었기에 이리 호들갑을 떠는 것이다.

"내 정체는 비밀이다, 알았지? 아버지가 내 정체를 아시면…… 너부터 조진다."

"아, 알겠습니다. 지, 지옥 끝까지 안고 가겠습니다!"

"발설해도 돼. 행복 제압이 그 순간 발동이 될 테니까."

이제 다 끝났다고 생각하며 안도하고 있었는데 영웅의 말은 전승만을 좌절하게 만들었다.

전승만이 화들짝 놀라며 물었다.

"네에? 끄, 끝난 것이 아니었습니까?"

"아닌데? 내가 풀어 주기 전까진 영원히 지속될 거야. 혹시라도 자살할 생각은 하지도 마라. 자살 시도하자마자 네 몸 안에 있는 내 기운이 널 그 자리에서 곧바로 원상 복구 시킬 테니까."

아까 전의 그 끔찍한 제약이 쭉 지속된다는 말에 전승만의 안색이 시퍼렇게 변했다.

이제 마음대로 죽지도 못하는 몸이 된 데다, 그 끔찍한 고통이 언제 찾아올지 모른다는 공포 속에서 살아가야 했다.

"내 말만 잘 들으면 별일 없을 테니 걱정하지 마라."

영웅의 말에, 전승만은 목청이 터져라 우렁차게 대답했다.

"무, 무엇이든 시켜만 주십시오! 뭐든 할 각오가 되어 있습니다!"

그런 전승만을 보며 영웅이 흡족한 미소를 지으며 말했다.

"일단 아버지한테 가서 빌어라. 그리고 아버지 말이라면 무조건 복종, 알아들었지?"

"네! 똑똑히 알아들었습니다!"

"혹시라도 아버지 입에서 너에 대한 안 좋은 이야기가 나온다면…… 오늘 이 자리로 다시 오는 거야. 그리고……."

뒷말은 하지 않았지만 알아들은 것 같았다.

그의 몸이 식은땀으로 범벅이 된 것을 보니.

"지켜본다, 잘해."

"네! 믿어 주십시오!"

강백현은 아침부터 황당한 표정으로 자신의 앞에 있는 남자를 바라보았다.

바로 전승만이었다.

출근했더니 회장실 문 앞에서 무릎을 꿇고 손을 들고 있었던 것이다.

"뭐야, 너 왜 이래?"

얼마 전에 밥 먹을 때는 회장 알기를 개똥으로 알더니 오늘은 또 왜 저러는 것인가.

강백현의 물음에 전승만이 우렁차게 대답을 했다.

"회장님께 아주 큰 잘못을 했기에 현재 반성하고 있는 중입니다!"

"깜짝이야!"

"헉! 노, 놀라셨습니까? 죄, 죄송합니다! 요, 용서해 주십시오!"

자신의 말 한마디에 벌벌 떨면서 엎드리는 전승만을 보며 지금 이게 무슨 상황인지 감도 잡히지 않는 강백현이었다.

워낙에 강골에다가 최근에 등급까지 올라서 아주 안하무인격으로 행동하던 그가 아닌가.

그런데 하루아침에 사람이 이리 달라지니 당황스러웠다.

물론 전승만에게도 사정이 있었다.

지금 그의 머릿속에는 끊임없이 영웅의 목소리가 들려오고 있었다.

–허……. 지금 우리 아버지 놀라게 한 거냐? 아직 정신 못 차렸네, 응?

–어쭈? 반성하는 자세가 맘에 안 드는데?

–끝나고 다시 볼래? 처음부터 다시 할까?

끊임없이 울리는 영웅의 목소리.

전승만은 진짜 울고 싶은 심정이었다.

하지만 영웅에게 맞아서 이런다고 말할 수도 없었다.

만약 정말 그런다면 어제 당했던 그 극한의 고통을 죽을 때까지 겪을 것이다. 물론 죽는 일은 없을 것이고.

"왜 이러는 거야? 서, 설마 그만두려고?"

강백현의 말에 전승만이 손사래를 치며 다급하게 말했다.

"무, 무슨 소리십니까? 저, 절대로 아닙니다! 저, 저는 천강에 뼈를 묻을 겁니다. 그간 받은 은혜가 얼마인데 감히 그런 생각을 합니까. 그저 어제 곰곰이 생각해 보니 회장님께 받은 은혜가 큰데 제가 그동안 너무 안하무인격으로 행동한 것 같아 이렇게 반성하는 것입니다. 부디 그동안의 제 불손한 행동을 용서해 주십시오!"

전승만의 입에서 나오는 구구절절한 이야기에 강백현이 잠시 멍하니 그를 바라보다가 미소를 지으며 일으켜 세웠다.

"이런, 자네도 참……. 솔직히 섭섭하지 않았다고 하면 거짓이겠지. 하지만 지금 자네의 모습을 보니 그동안 마음속에 자리했던 섭섭함이 전부 날아갔네, 하하하하."

"감사합니다, 회장님."

살았다는 생각에 자신도 모르게 눈물이 흘러나오는 전승만이었다.

하지만 그것을 오해한 강백현이 그의 등을 토닥이며 위로했다.

"이런, 눈물까지. 많이 감성적으로 바뀌었구먼. 되었네, 나 다 풀렸다니까."

"흑흑! 정말로 감사합니다! 감사합니다."

전승만은 진심으로 안도하며 감사했다.

"여, 영웅 도련님께는 제가 따로 찾아뵙고 용서를 구하겠습니다."

"허어, 아니야. 그렇게까지 하지 않아도 돼. 아들놈에겐 내가 따로 잘 말해 줄 테니 걱정 말게."

"가, 감사합니다."

"원 사람도, 하하. 오늘은 기분이 좋구먼. 그러지 말고 나랑 점심이나 같이 먹으러 가세."

"알겠습니다!"

전승만이 환한 미소를 지으며 강백현을 바라보았다.

그런 전승만을 보며 강백현 역시 환하게 웃었다.

-잘했어. 그렇게만 하면 앞으로 이뻐해 주지.

전승만을 환하게 만든 이가 영웅이라는 것을 모른 채 말이다.

충남 계룡산 깊은 곳에 고풍스러운 한옥들이 옹기종기 모여 있었다.

그곳은 바로 한국 최고의 문파인 천지회였다.

천지회는 회주가 행방불명이 된 이후 모든 대외 활동을 접고 봉문이나 다름없는 상태를 유지하고 있었다.

당연히 천지회 내부 상황은 암울했다.

오늘은 그런 분위기 속에서 심각한 회의가 진행되었다.

"언제까지 회주 자리를 비워 둘 것입니까?"

"뭐요? 그럼 지금 회주님을 돌아가신 것으로 처리하자는 거요? 당신 미쳤어?"

"아니, 내가 언제 그런 말을 했어! 회주 자리가 공석이니 하다못해 부회주 직급이라도 만들어서 공석을 채우자는 거지! 지금도 봐 봐! 구심점이 없으니까 다들 허둥대면서 뭐 하나 제대로 처리하는 것이 없잖아!"

회의가 시작된 지 얼마 되지도 않았는데 고성이 오갔다.

회의에 참석한 이들은 천지회를 구성하는 오대가문의 수장들이었다.

천지회는 초대 회주인 독고천(獨孤天)을 모시던 수하들이 자신들의 가문을 만들고, 그 다섯 가문이 대를 이어서 천지회를 대변하는 독고 가문을 모시고 있었다.

대대로 한국의 무를 이어 오던 집단이었는데 대격변 이후 그들이 가진 능력에 각성까지 하면서 더욱더 강한 집단이 되었다.

지금 이들이 이야기하는 회주는 5대인 독고영재(獨孤穎才)였다.

독고영재가 실종된 것은 사실이었다.

하지만 그가 실종된 곳은 바깥이 아니라 바로 이곳 천지회 내부였다.

"젠장! 치료를 위해서 비동으로 모신 것이 실수였어!"

"빌어먹을! 잃어버린 내공을 되찾기 위해서는 어쩔 수 없었다는 것을 자네도 잘 알지 않는가."

그랬다.

독고영재는 독에 중독되어 모든 내공을 잃고 겨우 목숨만 건졌다.

정신이 어느 정도 돌아온 회주는 자신의 무공을 되찾아 오겠다며 가문의 비동에 들어갔다.

하지만 그것이 회주의 마지막 모습이었다.

"하필 그곳에 화이트 웜홀이 생기다니! 재수가 없어도 염병하게 없네!"

"거기에 무공을 더 빨리 되찾기 위해 각성자의 은총을 착용하셨는데…… 우연도 이런 우연이 있나."

천지회주는 각성자였다. 그것은 내공을 잃었다고 사라지

는 게 아니다.

각성자의 은총은 각성자의 스텟을 올려 준다.

조금이라도 스텟이 올라간다면 당연히 무공을 되찾는 데 훨씬 수월해진다.

그것을 노리고 각성자의 은총을 입고 비동에 들어갔는데, 하필 그곳에 화이트 웜홀이 생겨 버린 것이다.

회주는 바로 화이트 웜홀로 빨려 들어갔다.

사실 원래대로라면 자신의 발로 직접 걸어 들어가기 전에는 문제가 없었다.

하지만 그곳에 생성되었다는 것이 문제였다.

생성되면서 강력한 흡입력이 발생하였고, 내공을 잃은 회주가 힘없이 화이트 웜홀에 빨려 들어간 것이다.

더 큰 문제는 화이트 웜홀이라는 데 있었다.

그곳에 들어가기 위해선 각성자의 은총이 필요하기도 했지만, 아직까지 살아 돌아온 자가 없었다.

"협회에 도움을 요청하는 것이 어떻습니까? 혹시 압니까. 연준혁 그자가 단서를 알고 있을지 말입니다."

"흥! 연준혁 그 능구렁이 같은 놈에게 도움을 요청하자고? 호시탐탐 우리 천지회를 노리는 놈에게?"

"이 사람아, 그가 언제 우리 천지회를 노렸는가. 협회에 가입하라고 했지."

"그게 그거 아닌가! 그게 자신의 밑으로 들어오라는 소리가 아니면 뭔가!"

"싸우지들 말게. 그 부분은 회주께서 이미 불가라고 결정하신 부분이니 그걸 말하는 게 아니네. 다만 지금은 비상 상황이니 물어나 보자는 거지."

"제길! 답답해 미치겠구먼!"

"하다못해 정보활동만이라도 재개합시다! 뭐라도 알아야 대응을 하든가 말든가 할 거 아닙니까!"

회의실은 어느새 담배 연기만 가득했다.

탕탕탕-!

"결정합시다! 협회에 도움을 요청하든지 정보조를 밖으로 내보내 정보를 얻어 오든지, 뭐가 되었든 간에 오늘 결정합시다!"

"좋소! 나는 협회에 도움을 청한다에 한 표요!"

"나는 정보조를 밖으로 보내는 것에 한 표요."

"나는 둘 다. 왜 꼭 하나만 고집하는 것이오? 하나라도 확률을 더 올려야지."

"나도 동의하오. 둘 다 하십시다."

"좋소. 일단 정보조부터 밖으로 내보내고 협회에 도움을 청하는 건 조금만 더 생각해 봅시다."

결정을 내렸음에도 찝찝한지 다들 표정이 좋지 않았다.

가을 날씨가 화창한 9월.

영웅은 고개를 갸웃거리며 연신 뉴스를 보고 있었다.

"여기선 9.11테러가 일어나지 않는군. 흠, 하긴 각성자들이 판치는 세상인데 비행기 테러라니. 빌딩에 접근하기도 전에 반으로 갈라 버리겠지."

2001년 9월 11일, 영웅이 있던 세상에서는 9.11 테러가 일어났다.

이곳에서도 과연 그 재앙이 다시 벌어질까 싶어 유심히 뉴스를 봤는데 너무나도 평온했다.

그 어떤 테러 소식도 들려오지 않았다.

그래서 그 부분에 대해 자세히 알아보았더니 이 세상에 있는 테러 단체는 영웅이 있던 곳과 달랐다.

가장 유명한 테러 단체는 바로 블랙맘바였다.

"여기서 이 이름을 보다니…… 얘들 정말 질이 나쁜 애들이었네."

이것저것 알아보던 중에 나온 블랙맘바.

이미 영웅과 악연으로 엮인 집단이었다.

"안 그래도 이놈들도 한번 손봐야 하는데……."

영웅은 턱을 긁으며 모니터를 유심히 바라보았다.

"그나저나 이놈들, 내 각성자 세트템 잘 모으고 있나?"

—야, 아이템 열심히 찾고 있어?

영웅은 제약이 걸린 두 사람에게 텔레파시를 보냈다.

—컥! 어, 어디서 들리는 거야?

—모, 몰라! 너한테도 들리는 거냐?

—너도?

—아 씨, 뭐지? 어디서 많이 들어 본 목소린데?

갑작스러운 텔레파시에 시몬과 존은 불안에 떨었다.

블랙맘바의 SSS급 각성자인 그들은 현재 영웅에게 제약이 걸린 상태였다.

영웅은 자신의 제약에 걸린 사람은 어디에 있든 찾아낼 수 있고, 심지어 그를 자신이 있는 곳으로 바로 소환할 수도 있었다.

이렇게 텔레파시를 보내는 것 또한 당연히 가능했다.

—나다, 영웅.

—컥!

—마, 맙소사! 어, 어디십니까?

시몬과 존이 당황한 목소리로 묻자 영웅이 웃으며 말했다.

—한국이지 어디야.

—헉! 그, 그 먼 곳에서 저희에게 지금 말을 거신 겁니까?

—그, 그게 가능한 겁니까? 마, 말도 안 됩니다!

—나는 가능해. 잔말 말고, 잘 찾고 있냐고.

영웅의 물음에 둘은 대답이 없었다.

—…….

—…….

그들의 반응에 영웅이 고개를 갸웃거렸다.

"뭐지? 반응이 영 미적지근한데?"

뭔가 이상함을 느낀 영웅은 그들이 있는 곳으로 가 보기로 했다.

파악—!

순식간에 시몬과 존이 있는 곳으로 순간 이동 한 영웅은 인적 없는 오두막 같은 곳에 숨어 있는 두 사람을 발견했다.

영웅이 소리 없이 뒤에서 나타났기에 두 사람은 아직 영웅의 출현을 모른 채 작은 목소리로 대화를 나누었다.

"야, 뭐라고 답하지? 우리 지금 쫓기고 있다고 말할까?"

"에이 씨, 그런다고 우리를 도와줄 것 같아? 괜히 그런 말 했다가 그건 너희 사정이라면서 매몰차게 무시받느니 그냥 자존심이라도 지키자."

"혹시 모르잖아, 우리를 구해 줄지도."

"야, 거기서 여기 거리가 얼만데. 도와주러 온다고 해도 늦어. 적들이 이미 사방에서 조여 오고 있다고. 솔직히 여기서 얼마나 버틸 수 있을지 모르는 판국에……."

뒤에서 조용히 듣고 있자니 누군가에게 쫓기고 있는 것 같았다.

"그래서 누구한테 쫓기고 있는데?"

"그걸 지금 질문이라고 하는 거냐? 당연히 블랙맘바 놈들이지!"

"왜?"

"너 자꾸 왜 그래?"

다음 권으로 이어집니다

ROK
MEDIA
로크미디어